本书译自

法国 Larousse 出版社 1971 年版 *Le Tartuffe*

伪君子

LE TARTUFFE OU L'IMPOSTEUR

[法] 莫里哀 著

金龙格 译

上海书店出版社
SHANGHAI BOOKSTORE PUBLISHING HOUSE

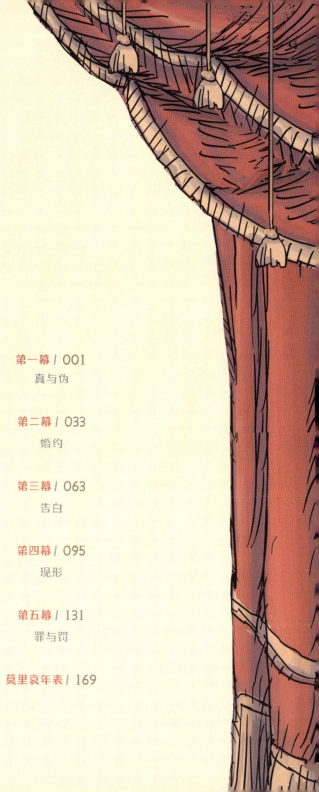

目 录
Table

奥尔贡
爱尔米尔的丈夫

爱尔米尔
奥尔贡的妻子

玛丽安娜
奥尔贡的女儿、
瓦莱尔的情人

达米斯
奥尔贡的儿子

克莱昂特
奥尔贡的内弟

瓦莱尔
玛丽安娜的情人

多丽娜
玛丽安娜的侍女

"佩奈尔夫人"

奥尔贡的母亲

磊落先生

执达官

"答尔丢夫"

伪君子

骑兵士官

傅丽波特

佩奈尔夫人的女仆

洛仁

答尔丢夫的仆人

第一幕

真与伪

第一场

| 佩奈尔夫人和她的女仆傅丽波特，爱尔米尔、玛丽安娜、多丽娜、达米斯、克莱昂特

佩奈尔夫人　我们走，傅丽波特，我们走！我要甩掉他们。

爱尔米尔　您的步子迈得那么快，跟在您后面可真费劲。

佩奈尔夫人　留步吧，我的儿媳，留步吧！送这么远真的没必要，所有这些客套，我一样都不需要。

爱尔米尔　这都是我们该有的礼仪，可是，我的母亲，您干吗走得这么急？

佩奈尔夫人　因为你们的家风让人忍无可忍，都没有一个人想着要讨我的欢喜。是的，我从你们家里走出来，心里很不快，我提的忠告，你们一个也不睬。你们一点也不尊重别人的意见，一个个大呼小叫，简直就好像到了乞丐的老巢。

多丽娜　要是……

佩奈尔夫人 我的朋友，你只是一名侍女，你有点儿过于多嘴多舌，太不懂规矩：大事小事你都要插一杠。

达米斯 可是……

佩奈尔夫人 我的孩子，你是一个十足的傻瓜蛋；跟你说这话的是你的奶奶我，我也跟我的儿子也就是你的父亲说过一百次还要多，说你完全就是一副小无赖的德性，只会让他操一辈子的心。

玛丽安娜 我觉得……

佩奈尔夫人 我的上帝啊，你这个做妹妹的，装得倒像是不爱说话，看上去温文尔雅：可是常言说得好，最坏坏不过一潭死水，我最讨厌你在背地里捣的那些鬼。

爱尔米尔 可是，母亲……

佩奈尔夫人 我说了你可别见怪，我的儿媳，你的言行不成规矩，你没有一点做儿媳的样子：你应该在他们面前树个好榜样，他们已故的母亲在这点上可比你强。你花起钱来大手大脚，穿着打扮酷似女王，这种做派让我心里很不爽。我的儿媳，如果只是为了讨丈夫的喜欢，你没有必要如此妖娆地打扮。

克莱昂特 可是，夫人，毕竟……

佩奈尔夫人 舅老爷，至于您，我非常尊重您，喜欢您，对您充满崇敬；但是，假如我是我儿子的话，我会恳请您别再来我们家。您滔滔不绝地宣扬一些生活的准则，但这些准则正人君子听不得。我这么说话有些直白，但我这个人就是这样心直口快，心里怎么想会统统说出来。

达米斯　您那位答尔丢夫先生可能很开心……

佩奈尔夫人　他可是个好人，他说的话大家都应该认真聆听；看着你这种疯子跟他吵，我就受不了，总忍不住怒火中烧。

达米斯　什么？！一个说三道四的伪君子在我们家里横行霸道，难道我就受得了？要是这位漂亮的先生不肯开恩，我们任何消遣都不能有，这口气，您叫我怎么忍？

多丽娜　假如非要听从，非要遵循他的那些准则，那我们什么事都不能做，做了就罪不可赦：这位热心的批评家无论什么事都要横加管束。

佩奈尔夫人　凡是经他管过的，都被管得井然有序。他打算领你们去的那条路通向天堂，我儿子应该教导你们，让你们把他喜欢上。

达米斯　不，祖母，无论是我父亲，还是亲眷，都不能强迫我让我对他生出好感。要我改口说别的话，那会让我违背自己的心意，他的那些做派时时刻刻都让我火冒三丈；我估计我早晚会跟这个土老帽闹个不可开交。

多丽娜　看到一个不相干的人跑到家里来作威作福，这种事当然令人愤怒；一个来时鞋子都没有的穷光蛋，全部的身家也就值六个铜板，现在居然忘记自己几斤几两，在这里对什么事都横加阻挠，把自己当成了大老爷。

佩奈尔夫人　喂，上帝发发慈悲吧，如果凡事都按他好心的吩咐去做，那么事情会好很多。

多丽娜　您想入非非，把他当成一位圣人，实际上，相信我的话，他所做的一切都是假义假仁。

佩奈尔夫人　瞧你说的什么话！

多丽娜　除非有一个好的担保人，否则我绝不相信他，就像我不相信他的仆人洛仁。

佩奈尔夫人　他的仆人到底是什么样的人，我一无所知，但我担保他的主人是个正人君子；你们贬损他，拒绝接受他的叮嘱，只因为他的话戳到了你们的痛处。他心中憎恨的是罪戾，他所做的一切都是为了上天的利益。

多丽娜　好吧，可是为什么，尤其是最近一段时间，他容不得任何人和我们来往？正当的人情往来怎么就开罪了上天，犯得着为此大吵大闹搞得我们头昏脑涨？您要不要我私下里把话说清楚？我觉得，千真万确，他是在吃夫人的醋。

佩奈尔夫人　闭嘴，想想你这说的还是不是人话，指责你们和那些人来往的又不单单是他；与你们往来的那些人闹闹哄哄，他们的马车把大门口挤得水泄不通，那么多仆从扎堆闹腾，把街坊邻居吵得没法安身。我愿意相信实际上什么事都没发生，但终究还是有人议论，不利自己的名声。

克莱昂特　　喂，夫人，您想堵住别人的嘴巴吗？倘若因为旁人会说一些蠢话，我们就放弃和好朋友交往，那会是人生中多么大的遗憾。就算我们决定那么做，您以为就能让所有人什么话都不说？防御墙也挡不住恶语中伤。我们无须在意那些无聊的诽谤；就让我们努力过自己清清白白的生活吧！就让那些多嘴多舌的人说个够吧！

多丽娜　　说我们坏话的人，不就是我们的邻居达芙妮和她那个小老公？有些人的所作所为最让人嗤之以鼻了，但最先诽谤别人的却总是这些人；两人的关系才显出一点恋爱的端倪，就会被他们紧紧攥在手里，兴冲冲地到处散布消息，还添油加醋好让别人深信不疑。对别人的事情肆意抹黑，想着如此一来，他们自己的丑事能在社会上得到谅解，妄想借助有几分相似的地方，好把他们的奸情洗得一尘不染；或者公众的指摘让他们扛不住，他们要拉上别人跟他们一起来承受。

佩奈尔夫人　　你讲了这么一大堆全都与主题不相干，大家都知道奥朗特是生活中的模范；她一心一意向着上天，我听人说她谴责你们的这种社交来往。

多丽娜　　这个模范值得表扬，这位女士是个好榜样：她的生活确实严谨刻板；但她心中这种炽热虔诚是因为年龄的关系，大家都知道她假装正经，其实心里很不乐意。但凡她还能吸引男人的注目，她也都是来者不拒；但是一看到自己的眼神黯淡无光，她就不再想那个弃她而去的名利场，然后用贞德做华丽的面纱，把她凋残的老脸好歹遮掩一下。这都是过气的妖艳女人使出的骗人把戏。眼看这情郎背弃而去，对她们而言是多么沉重的打击。被如此抛弃，她们忧心如焚，别无他法，只能选择做正经的女人，这种贞德的女人待人严酷，她们什么事都要审查，什么事都不会宽恕；她们大声斥责每个人的生活，压根儿不是出于好心，而是因为嫉妒：她们见不得别人快活，皆因她们自己的快乐因为年老色衰而被剥夺。

佩奈尔夫人（对爱尔米尔）她编出这些奇谈怪论全都是因为你爱听。我的儿媳，在你家里，这位多丽娜太太成天叽叽呱呱，搞得别人都没有机会说话，现在终于轮到我发表自己的看法。我告诉你，我儿子把这个虔诚的人收留在家里，是做了　件最聪明不过的好事；上天把这个人派来这里非常有必要，就为了让误入歧途的你们重归正道；你们希望灵魂得救就得听他的训诫，不需要斥责的事情他绝不会乱加斥责。你们的这些交往，这些舞会，这些交谈，全都是魔鬼发明出的花样。在这种交往中听不到任何虔敬的言谈，讲来讲去无非都是些无稽之谈、陈词滥调和飞短流长。邻居也常常会受到牵连，因为在这种场合谈论的不外乎张家长李家短。反正明智的人到了这种混乱的聚会，也免不了会头脑昏聩：因为一眨眼工夫，所有人都开始高谈阔论。那天，一个传教士说得精彩绝伦，他说这里真的成了巴别塔[1]，每个人都在一个劲地叽里呱啦；然后为了阐释他的论点，他说道……（指着克莱昂特）这位先生不是已经在冷笑？去找能逗你发笑的疯子吧，要是没……再见，我的儿媳，该说的话我都说完啦。要知道，我的心对你们家已经凉了半截，要我再登门不知猴年马月。（给了傅丽波特一个耳光）走啦，你，张口呆望，白日做梦，天啊，信不信我会把你揍一顿。快走，臭婆娘，快走。

---

1. 巴别塔：原文为"巴比伦塔"，在莫里哀时代，两者混用。据《圣经·创世纪》，挪亚的子孙欲造通天塔，上帝混乱他们的语言，使他们语言不通，造不成塔。"巴别塔"成为"混乱"的代名词。

第二场

克莱昂特　我一点都不想送她，怕她再跟我吵架。这个老媪……

多丽娜　啊！太遗憾啦，她没听见您这么称呼她；她要是听见了，肯定会说您才是个老古董，她这个岁数，叫她老媪一点都不相称。

克莱昂特　瞧她无缘无故就对我们发多大的脾气！瞧她对她那位答尔丢夫何等的痴迷！

多丽娜　噢，与她的儿子相比，她的表现还真的不算差劲，您要是看见，一准儿会说，她的儿子更要命。动乱时期[1]，他智慧超群，英勇无畏地侍奉国君，但自从他迷上答尔丢夫，他开始变得像头蠢猪。他和

---

1. 动乱时期：指1648—1653年间法国反专制制度的"投石党运动"。

答尔丢夫称兄道弟，对他爱彻心扉，比爱自己的母亲、儿子、女儿和妻子多出一百倍。答尔丢夫是唯一知道他所有秘密的人，是他一切行为的沉稳的导师。他疼爱他，和他紧紧相拥，我觉得男人对情妇都不会有这么温存。他总是让他坐上上座就餐，看他一个人吃掉六个人的饭菜就欣喜若狂。所有好吃的东西他都叫人让给答尔丢夫，而

假如答尔丢夫打了一个嗝，他就会说:"上帝保佑!"总之，他爱答尔丢夫都爱疯了，他是他的一切，是他心目中的大英雄；他时时刻刻都对他赞赏有加，说什么事都要提到他；他做的一丁点小事在他眼里都是大奇迹，他说过的每句话在他听来都是神谕。答尔丢夫吃透了他的这个上当者的心思，因此想好好利用一番，他施展各种骗人的花招把他糊弄得团团转；他的假仁假义让他时时刻刻都能骗到钱，而且还觉得自己有权对我们指指点点。就连他那个傻瓜仆人，也夹在其中教训起我们。他用恶狠狠的眼神对我们进行训斥，丢掉我们的绸带、我们的胭脂和我们的假痣[1]。这个恶棍有一天还亲手撕烂了一条夹在《圣徒传》里的手绢，说我们犯下了滔天大罪，居然把圣物和魔鬼的饰品放在一堆。

------

1. 假痣:法国旧时妇女贴在脸上、用塔夫绸或黑丝绒做的装饰用的假美人痣。

第三场

| 爱尔米尔、玛丽安娜、达米斯、克莱昂特、多丽娜

爱尔米尔 你真幸运，没听到她在门口对我们发的那通高论。不过，我看见我丈夫了，可他没看见我，我想去楼上等他哟。

克莱昂特 我呀，为了节约时间，我就在这儿等他，我只是要跟他说声早上好。

达米斯 跟他谈谈我妹妹的婚事，我怀疑答尔丢夫不同意，怀疑他逼迫我父亲横加干涉，您非常清楚我多么关心这件事儿。我妹妹和瓦莱尔爱得如胶似漆，您也知道瓦莱尔的妹妹和我也非常亲密：要是必须……

多丽娜 他进来了。

第四场

| 奥尔贡、克莱昂特、多丽娜

奥尔贡　啊！舅爷，你好！

克莱昂特　我正要走，看见你回来，我很开心。这个时候，田野的花还没怎么开吧？

奥尔贡　多丽娜，（向着克莱昂特）我的舅爷，请你稍等一下。为了消除我心中的焦急，恕我先打听一下家里的消息。（向多丽娜）这两天家里是不是都平平安安？大家都干了些什么？大家的身体是不是都健健康康？

多丽娜　大人前天发烧，一直烧到晚上，头疼得要命。

奥尔贡　答尔丢夫呢？

多丽娜　答尔丢夫？他身体好得不得了！又肥又壮，嘴唇红润，气色很好。

奥尔贡　可怜的人！

多丽娜　　到了晚上，夫人感到恶心，晚餐什么也没碰，因为她头疼得像要炸了一样。

奥尔贡　　答尔丢夫呢？

多丽娜　　他坐在她对面，一个人吃饭，非常虔诚地吃掉了两只山鹑，外加半只剁碎的羊后腿。

奥尔贡　　可怜的人！

多丽娜　　整整一晚，夫人的眼皮一刻都没合上；高烧使她无法入眠，我们只好在她身边守候到天亮。

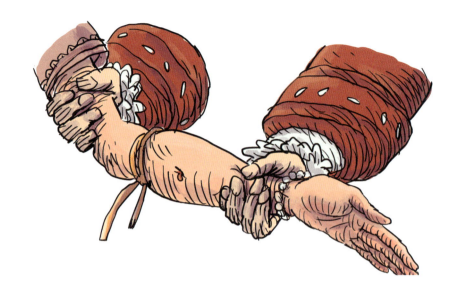

奥尔贡　答尔丢夫呢？

多丽娜　因为甜蜜的睡意来袭，才吃完饭他就去了自己的卧室，往暖乎乎的床上一躺，安安心心一觉睡到第二天早上。

奥尔贡　可怜的人！

多丽娜　最后，我们的劝说终于奏效，夫人答应让人给她放血治疗，随即她就觉得舒服多了。

奥尔贡　答尔丢夫呢？

多丽娜　他照样勇气十足，跟所有磨炼他灵魂的痛苦进行搏斗，为了对夫人失去的血进行弥补，早餐时满满四杯葡萄酒被他喝下了肚。

奥尔贡 可怜的人！

多丽娜 最后他们两人的身体都已痊愈，我这就去向夫人禀报一声，告诉她您对她病后康复的关心。

第五场

奥尔贡、克莱昂特

克莱昂特 姐夫，她这是当着你的面笑话你；我无意惹你生气，但我直言不讳地告诉你，她这么做并不为过。你如此任性恣情，难道就没有人跟你说过你这么做很不妥？难道今天一位男子有那么大的魅力，让你为了他把其他事情统统忘记？你让他住到家里，让他摆脱贫困之后，居然还要……

奥尔贡 舅爷，请你不要再往下说，你所说的这个人，
你并不认识。

克莱昂特 既然你要这么说，就算是我不认识这个人好了；
但要了解一个人的人品……

奥尔贡 我的舅爷，你认识他一定会很高兴，他会带给
你源源不断的激情。他是一个……啊……一
个人……总之是一个人。谁要是遵循了他的
教诲，内心深处就会感到无比的宁静，会把
人世间看成一堆臭大粪。没错，我在跟他交
谈后，完全变了一个人，他教我对任何事都
不要热心，他让我甩掉心中的一切友情；我
可以看着我的兄弟、孩子、母亲和妻子一个
个死去，死了我也全然不在乎。

克莱昂特 姐夫呀，这都是人的感情啊！

奥尔贡 啊！你要是看见我和他是如何相遇的，也会对
他产生和我一样的情谊。他每天一脸和蔼地
来到教堂，双膝跪下，正好跪在我的对面。
他热烈虔诚地向天祈祷的模样，吸引了全教
堂里的人的目光；他连声嗟叹，感情奔放，
时时刻刻都在谦卑地吻着地面；当我走出教
堂，他会抢先走到门口，把圣水奉到我手上。
他的仆人效仿他的一举一动，我从那个仆人

口中得知他以前的为人，得知他的生活是多么贫困，我每次拿钱给他，他都会推让，都会退回一部分，跟我讲："给得太多了，给一半我都觉得过分，我不值得您为我动恻隐之心。"见我不肯把钱收回，他就当着我的面把钱分发给那些穷人。最后，上帝让我把他接到家里安顿，从那时起，这里的一切好像都非常兴旺。我见他对一切都痛下针砭，为了我的名誉，对我的妻子也嘘寒问暖；他提醒我哪些人对她脉脉含情，发出比我还要大五六倍的醋劲。但你想不到他虔诚到了何种地步，一点点小事做错了他都归咎到自己头上，觉得自己罪不容诛。一点点不起眼的小事做错了都会让他大发雷霆，有一天，他甚至捶胸顿足，因为当时他在祷告，很气愤地弄死了一只跳蚤。

克莱昂特　哎呀，姐夫，我觉得你是走火入魔，说这样的话难道不是在拿我取乐？你准备用这番胡话来证明什么……

奥尔贡　我的舅爷，我在你这话里闻到了自由思想的味道，你的心灵已经有些变质；我已经劝过你不下十次，你会给自己惹出大麻烦。

克莱昂特 这是你这类人的老调重弹。你们希望每个人都像你们一样当睁眼瞎，谁要是有一双慧眼，就说他们是自由思想家。谁要是不崇拜装腔作势的那一套，就被视为不尊敬、不信奉圣道。拉倒吧，你的这些话吓唬不了我，上天明察，我知道自己在说什么。我可不想被你们这类惺惺作态的人牵着鼻子走，世界上有假装笃信宗教的人，也有假冒的勇士：众所周知，在通往光荣的大道上前进，真的勇士并不是那些喊得最大声的人；我们应该紧紧跟随那些善良虔诚的真信徒，而不是那种装模作样之流。咳！难道你一点都不会区分什么是虚伪，什么是虔诚？对它们你想用相似的话语，给面具和真脸以同样的礼遇？将虚伪和真诚等量齐观，将表象和本质混为一谈，将鬼魂和真人、假币和真钞相提并论？大多数人生来就很怪异，他们离经叛道不合常理。理性对他们而言边界太窄，无论做什么他们都要越界；最高贵的东西都会被他们毁掉，因为他们把它夸大，捧得太高。这些话，我只是顺带说一说，我的姐夫。

奥尔贡 是的，毫无疑问，你是受人尊敬的博士，掌握了世界上全部的知识，你是唯一的智者，唯一的博学之士，是一位圣贤，是加图 [1] 再世，在你周围的人全是傻子。

克莱昂特 我的姐夫，我不是一个受人尊敬的博士，我也没有掌握世界上全部的知识。可是，归根到底一句话，我全部的学识在于，我能把真和伪区分得清清楚楚：我不认为有比那些完美的笃信宗教之人更值得珍视的英雄；世界上没有什么比真正的、圣洁的虔诚更崇高更美丽；同样，我也不认为有什么东西比徒有其表的假虔诚更卑鄙无耻，还有那些不折不扣的江湖骗子，那些欺世惑众的假信士。他们道貌岸然亵渎神圣却不受惩处，他们肆意嘲笑世界上最神圣、最圣洁之物。这些人利欲熏心，把虔信当作职业和商品，想用挤眉弄眼和伪装出的激动，去购买职位和信任。照我说，这些人将非同寻常的热情投入，只是在借通天之路追逐财富；每天都在一面热忱地祈祷，一面讨要封赏，鼓吹退隐，自己对宫廷的迷恋却有增无减；他们知道如何将虔诚和恶习相匹配，他们动辄发

---

1. 指马尔库斯·波尔基乌斯·加图（公元前234—公元前149），通称为老加图，罗马共和国时期的政治家、国务活动家、演说家，前195年的执政官。

怒，报复心强，背信弃义，老奸巨猾。想害某个人之时明明是在泄私愤却拼命地掩盖，给人的感觉是在替天行道、为民除害。他们对付我们用的是我们敬畏的武器，勃然大怒起来就更加让人不寒而栗，他们表露出令世人称道的热情，就是为了用一把神圣的利剑刺死我们。这种虚伪的人到处可见，但真正的虔信之士也不难分辨。姐夫啊，这种信士在我们这个时代纷纷涌现，他们便是我们光荣的榜样。你看阿里斯通，你看佩里昂德尔、奥龙特、阿尔西达马、波利多尔、科里唐德尔；说他们是信士，绝对不会有人反对。他们品德高尚但绝不自吹自擂，在他们身上看不到那种让人讨厌的摆阔气，他们的虔诚很有人味，他们全都通情达理；他们不会凡事都指责我们，他们认为凡事都纠正别人显得过于目中无人，别人大吹大擂、大言不惭，他们不去干涉，他们会自己做好表率，让我们为自己的行为感到自责。他们不会轻易相信风言风语，他们的灵魂倾向于从好的方面去评判别人。他们不搞拉帮结派，不搞阴谋诡计，我们看见他们只求安安分分地过自己的日子。他们并不会一棍子打死一个有罪过的人，他们憎恨的只是罪恶本身，他们不会用极端的热情来维护上天的利益，因为那超出了上天的旨意。这才是值得我们称道的典范，这才是我们应该推举的榜样。你的那位老兄，说实话，不是这种类型，你赞赏他的虔诚固然是诚心诚意，但我觉得你是被他虚假的光芒刺花了眼。

奥尔贡　我亲爱的舅爷大人，你说完了没有？

克莱昂特　说完了。

奥尔贡　抱歉，我先失陪了。（正欲离去）

克莱昂特　姐夫，先别走，我还有一句话要讲，刚才的那番话且先搁一边。瓦莱尔想娶你的女儿，得到过你的同意，这件事我想你不会忘记。

奥尔贡　我记得。

克莱昂特　你已经选定了办喜事的日子吧？

奥尔贡　是的。

克莱昂特　那为什么又把婚期推迟？

奥尔贡　我不知道。

克莱昂特　你心里有别的想法？

奥尔贡　可能吧。

克莱昂特　你想反悔吗？

奥尔贡　我没这么说。

克莱昂特　我觉得，没有任何东西能阻拦你履行自己的诺言。

奥尔贡　要看情况。

克莱昂特　一句话的事情，有必要拿腔拿调吗？瓦莱尔就是为了这事托我来见你的。

奥尔贡　谢天谢地。

克莱昂特　怎么给他回话呢？

奥尔贡　随你的便。

克莱昂特　但我必须知道你的想法啊。你到底是怎么想的？

奥尔贡　听天由命吧。

克莱昂特　说正经的，你答应过瓦莱尔。你会信守诺言，对吗？

奥尔贡　再见了。

克莱昂特　我担心他的婚事有变，我要把所发生的一切都告诉他。

第二幕

婚约

第一场

｜奥尔贡、玛丽安娜

奥尔贡 玛丽安娜。

玛丽安娜 爸爸。

奥尔贡 过来，我有话要跟你私下里聊一聊。

玛丽安娜 你在找什么？

奥尔贡 （他朝一个小房间里张望）我看看里面有没有人在偷听我们说话，因为这个小地方最适合偷听了。好啦，我们可以放心了。玛丽安娜，我一直都觉得你是个性情温和的孩子，我也一直疼爱你。

玛丽安娜 爸爸这样疼爱女儿，女儿感激不尽。

奥尔贡 女儿，你这话说得很中听，你做什么事都要合我的心意，我疼爱你就没有枉费心血。

玛丽安娜 合你的心意，这是我最引以为荣的事。

奥尔贡 非常好。对我们家的客人答尔丢夫，你怎么看？

玛丽安娜	你问谁？问我吗？
奥尔贡	问你。看你怎么回答。
玛丽安娜	哎呀！我嘛，你要我怎么回答，我就怎么回答。
奥尔贡	真懂事。女儿，那你跟我说，说他全身散发着高尚品德的光辉，说他触动了你的心扉，说我选他做你的配偶，你会欣然接受。呃？（玛丽安娜吃惊地往后退去）
玛丽安娜	呃？
奥尔贡	怎么了？
玛丽安娜	请再说一遍。
奥尔贡	什么？
玛丽安娜	我是不是听错了？
奥尔贡	听错什么了？
玛丽安娜	父亲，你想让我说的那个人是谁？谁触动了我的心扉？你选谁做我的配偶，我会欣然接受？
奥尔贡	答尔丢夫。
玛丽安娜	父亲，我向你发誓，没有这么一回事。你为什么要我说出这样的谎言？

奥尔贡　　可我想让它变成事实；我已经替你做出决定，
　　　　　你只需对我言听计从。

玛丽安娜　什么！父亲，你要……

奥尔贡　　是的，我的女儿，我打算让你和答尔丢夫结婚，
　　　　　让他和我们成为一家人。我决定了，让他做
　　　　　你的丈夫。至于你的愿望，我……

第二场

| 多丽娜、奥尔贡、玛丽安娜

奥尔贡 你在这里做什么？我的朋友，你的好奇心未免也太
强，竟跑来偷听我们的密谈。

多丽娜 真的，这谣言打哪里来我不清楚，是事出有因，还
是无中生有。有人把这门亲事讲给我听，但我回
答说那纯粹是无稽之谈。

奥尔贡 怎么会，这件事就那么让人难以置信？

多丽娜 太难以置信了，先生，就是您亲口说出来，我也不
相信。

奥尔贡 我知道用什么法子让你相信。

多丽娜 是的，是的，您在跟我们讲一个有趣的故事。

奥尔贡 我讲的恰恰是即将发生的事。

多丽娜 胡说。

奥尔贡 我的孩子，我所说的绝不是戏言。

多丽娜 得，别相信您父亲的话，他在跟您开玩笑。

奥尔贡　我告诉你……

多丽娜　别说了，您说了也是白说，压根儿就没人信。

奥尔贡　我可要发火了……

多丽娜　好吧，那就相信您，这对您来说是一件多么糟糕的事。怎么会这样！先生，这怎么可能啊，您长着一副聪明相，脸上还留着一部大胡子，可是竟然糊涂到……

奥尔贡　你听着，我的朋友，你在这里说话有些过于放肆，我告诉你，我一点也不喜欢你这种做派。

多丽娜　先生，咱们有话好好说，不要动气，求您了。您弄出的这个把戏是在作弄人吧？一个信徒才不会把您的女儿放在眼里，他有许多其他的事情需要考虑，而且这样的联姻能给您带来什么好处呢？您家业丰厚，却要选一个穷要饭的做女婿，图个啥呢？

奥尔贡　闭嘴。他固然一无所有，但这正是我们应该尊敬他的地方。他的贫困毫无疑问是诚实的，让他超越了荣华富贵，因为他热爱永恒的事业，太不关心俗世的事务，才让人把他的财产都占了去。但我的援助可以让他有办法走出困境，拿回他的家产。他在家乡有大量的封地，由此可见他的确是位乡绅。

多丽娜　没错，他本人是这么说的，但先生，这种虚荣与虔诚一点都不相称。一个人既然要过圣徒式的清淡生活，就真不该如此炫耀自己的贵族头衔和出身；真正的虔信追求的是谦卑，且容不下膨胀的虚荣心。这种自高自大有什么用？……我说的这些话您听了觉得刺耳，我们就抛开不谈他的贵族身份，只说说他的为人。把她这样的女孩的终身托付给他那样的一个男人，您就一点也不心疼？您也不想想他们俩是否般配，不考虑一下这桩婚姻的后果？您要知道，一个女孩要是嫁得不够称心如愿，就有贞洁不保的危险；一个女人婚后守不守妇道，那全看您给她挑的那个男人的人品；那种到处被人指指戳戳的男人，他们的女人往往都会跟着变得不正经。有些丈夫人模狗样，妻子难保不红杏出墙；女儿不守妇道铸成大错，是谁把她许给一个她讨厌的男的，谁就要对上天负责。想想您这项计划的风险有多么严重吧。

奥尔贡 （对玛丽安娜）我告诉你，怎么做人的道理，我还得向她学习。

多丽娜 您最好还是听从我的劝告。

奥尔贡 我的女儿，我们不要浪费时间听她胡说八道。我知道你需要什么，我是你父亲。我之前答应过把你许配给瓦莱尔，但我听说他好赌，另外，我还怀疑他十有八九不信教却信奉自由，我没有看见过他上教堂。

多丽娜 您这是要他踩着您的钟点去教堂，就像那些只为了让您看见才去那里的人一样？

奥尔贡 我又没有问你的意见。反正，在上帝眼里，答尔丢夫世界上最好，是无价之宝。这桩婚姻肯定可以满足你所有的愿望，一定能让你在甜蜜和快乐中流连忘返。你们一起过日子，情深意浓，死心塌地，就像一对金童玉女，就像一对斑鸠，妇唱夫随，永远都不会拌嘴，你让他做什么他就做什么。

多丽娜 她吗？我敢保证，她只会让他戴绿帽。

奥尔贡 喂！瞧你说的什么话。

多丽娜 要我说，他还真长了个戴绿帽的样。先生，不管你女儿多么守妇道，他都是戴绿帽的命。

奥尔贡 不要老打断我的话，闭上你的嘴巴，跟你不相关的事你就不要插嘴。

多丽娜 先生，我插嘴是为了您好。（每当他转身跟女儿说话时，她总会打断他）

奥尔贡 你就别瞎操心了。请你闭嘴。

多丽娜　要是我不维护您，才不会……

奥尔贡　我不要人维护。

多丽娜　先生，我就是要维护您，不管您乐不乐意。

奥尔贡　啊！

多丽娜　我很珍惜您的名誉，您遭到别人的耻笑，我可受不了。

奥尔贡　你真的不肯闭嘴吗？

多丽娜　我不能昧着良心看您订这么一门亲。

奥尔贡　你会闭嘴的，你这条毒蛇，厚颜无耻……

多丽娜　啊！您是虔诚的信士，您也会发脾气？

奥尔贡　是的，听你胡说八道，我肚子里的气就不打一处来，我一定要让你闭嘴。

多丽娜　算了。可就算我一句话不说，心里的想法也不会减少。

奥尔贡　如果你愿意的话，你就想吧；但我提请你注意，什么话也不要跟我提，否则……够了。（转身向着他的女儿）我是个有理智的人，深思熟虑过所有的事情。

多丽娜　不许说话，我都气疯啦。（奥尔贡一回头，她就住口）

奥尔贡　答尔丢夫虽不是公子王孙，可他长得……

多丽娜　是的，人模狗样。

奥尔贡　就算你对他的其他所有优点都没有任何好感……（他朝她转过身子，双臂交叉在胸前盯着她）

多丽娜　她的运气可真好啊。假如我是她，假如有男的
　　　　逼我跟他结婚，我会让他吃不了兜着走。婚
　　　　礼一办完，我就会让他明白，一个女人随时
　　　　都可以报复。

奥尔贡　看来，我说的话都是耳边风？

多丽娜　您在埋怨谁呢？我又没跟您说话。

奥尔贡　那你在跟谁说话？

多丽娜　我在跟自个儿说话。

奥尔贡　非常好。我应该反手给她一巴掌，治一下她的极端无理刁蛮。（他摆出扇她耳光的架势，每次他把目光落在多丽娜身上时，多丽娜就把身子挺得笔直，一言不发）我的闺女，你应该同意我的计划……相信我为你物色的……这个丈夫……（对多丽娜）怎么不跟自己说话了？

多丽娜　我没有什么要跟自己说的。

奥尔贡　再说两句。

多丽娜　我呀，我不爱说。

奥尔贡　我早就料到你会这么说。

多丽娜　傻瓜才会这么做，真的。

奥尔贡　总之，我的女儿，你要对我百依百顺，对我的选择要完全遵从。

多丽娜　（逃开）嫁给那样一个丈夫，笑死人了，我才不干呢！（他想打她一个巴掌，但没打到）

奥尔贡　我的女儿，那个多丽娜是个害人精，有她在场，我总是忍不住要大发雷霆。现在我觉得我不能再往下说了，她那些蛮横无理的话让我心里很窝火，我要么透一透气，静一静脑子。

第三场

| 多丽娜、玛丽安娜

多丽娜 告诉我，您是不是不会说话了？出了这种事，还非得让我来替您说话？有人跟您提的计划荒唐透顶，您却忍气吞声，一句话都不跟他理论！

玛丽安娜 碰到一个如此专横的父亲，你要我怎么跟他理论？

多丽娜 您得抗争，不然会被推进火坑。

玛丽安娜 该怎么说？

多丽娜 告诉他强扭的瓜不甜，告诉他结婚是您自己的终身大事，您又不为他结婚；告诉他您是当事人，丈夫应该合您的心意，而不是合他的心意；告诉他，他要是觉得答尔丢夫好，那他本人嫁给他好了，又没人阻拦。

玛丽安娜	老实说，父亲对我们都是严加管教，我从来都不敢跟他回嘴。
多丽娜	可我们要讲理呀。瓦莱尔已经向您求过婚了，我问您，您是爱他，还是不爱他？
玛丽安娜	啊！多丽娜，你冤枉了我的一片真情！你怎么能问我这样的话？我也不下百次地跟你交过心，对吧？你难道不晓得，我对他的爱有多么热烈？
多丽娜	我怎么知道您嘴巴里说的是不是由衷之言，那位情郎是不是真的打动了您的心？
玛丽安娜	你这样怀疑我的爱让我好伤心啊，多丽娜。我对他的一片真情已经暴露无遗了呀。
多丽娜	这么说来，您爱他啰？
玛丽安娜	是的，爱到骨子里去了。
多丽娜	从表面上看，他爱您也爱到骨子里去了吧。
玛丽安娜	我想是的。
多丽娜	你们俩都急切地想结婚吧？
玛丽安娜	当然啦。
多丽娜	要是叫您跟另外那个人结婚，您打算怎么处理？
玛丽安娜	要是有人逼我，我就去死。

多丽娜	非常好。我没有想到还有这么个高招，您只有寻死才能摆脱困境，这毫无疑问是灵丹妙药。我听到这样的话，都要气死啦。
玛丽安娜	我的上帝啊，多丽娜，你不要朝我撒气，人家心里头不舒服，你都不晓得体恤体恤。
多丽娜	像您这种尽说蠢话，还没上战场就气馁的人，我不体恤也罢。
玛丽安娜	可你要我怎么样呢？我胆子就是这么小。
多丽娜	可是爱情需要您的内心变得坚定。
玛丽安娜	我对瓦莱尔的爱情难道还不坚定？上门向我父亲求亲，难道不是他该采取的行动？
多丽娜	什么呀！您的父亲是个喜怒无常的老怪物，被答尔丢夫弄得昏了头，答应了的亲事又反悔，这种事怎么可以让瓦莱尔当冤大头？
玛丽安娜	可是，假如我一口拒绝，对答尔丢夫嗤之以鼻，那岂不是暴露了我对瓦莱尔的一片痴情？瓦莱尔再怎么一表人才，我也不能为了他就把女孩子的脸面和儿女的孝道丢到一边吧？你是想让我把自己恋爱的事传得满城……
多丽娜	不，不，我什么都不想。照我看，您是愿意嫁给答尔丢夫先生的；想来，我千不该万不该劝您拒绝这门亲事。我何苦要违拗您的意愿

呢？结这门亲特别有利可图呢！答尔丢夫先生！哦！哦！他难道是个可有可无的人物？显而易见，答尔丢夫先生不是什么无足轻重的平常人，做他的老婆那可是福分。所有的人都对他赞不绝口，他在老家是贵族，他一表非凡，他的耳朵通红，皮肤红润，跟这样一位丈夫过日子，您肯定会乐不可支。

玛丽安娜　我的上帝啊……

多丽娜　给这样一个美男子做老婆，您一定心花怒放吧！

玛丽安娜　啊，快别说这样的话了，求你了，快帮我想想办法摆脱这门亲事吧。得啦，我听你的，你让我干啥我就干啥。

多丽娜　不行，女儿就应该对父亲百依百顺，就算让她嫁给一只猴子也要依从。您的命那么好，还有什么好抱怨的？您可以坐大马车去他的小城，那里，他的叔伯舅舅堂兄表兄多得数都数不清，和他们谈天说地您会觉得十分开心。他们先要带您见识他们那里的上流社会，然后您要去法官夫人和收税官夫人家里拜访，她们会给您面子让您坐在一张折叠凳上。[1] 狂欢节期间，您可以跳舞，听皇家大乐队演奏，可那皇家大乐队只有两支风笛，有时还能看到猴子表演和木偶戏。要是您的丈夫……

玛丽安娜　啊！你在要我的命啊。你还是想想法子救我吧。

---

1. 1582年法国国王亨利三世在家中制定了一套座位规则：在舞厅里，国王和王后坐的是有靠背的柜式座椅，另外还有二十来张或扶手椅或椅子或凳子根据来客的地位进行分配。这套座位规则后来进入贵族家庭，在整个17世纪一直沿用。

多丽娜	我只是您的一个女仆。
玛丽安娜	多丽娜，求你啦……
多丽娜	得治您一下，这桩婚事非办不可。
玛丽安娜	我的姑奶奶！
多丽娜	不行。
玛丽安娜	假如我公开我的恋情能够……
多丽娜	不行，答尔丢夫是您的男人，您得领教领教。
玛丽安娜	你知道，我什么事都依赖你，你就……
多丽娜	不行，不骗您，您真的应该做答尔丢夫的老婆。
玛丽安娜	好吧，既然我的苦命让你无动于衷，那就让我从今以后在绝望中度过一生。我的心只好向绝望求教，我知道哪里有能治愈我苦痛的良药。（她想离开）
多丽娜	哎呀呀，回来。我消气了。无论怎样，我都得可怜您。
玛丽安娜	你很清楚，要是有人逼我跳那个火坑，我告诉你，多丽娜，我会来个玉石俱焚。
多丽娜	您先不要这样难过，我们可以巧用妙计来阻止……这不，您的情郎瓦莱尔来了。

第四场

| 瓦莱尔、玛丽安娜、多丽娜

瓦莱尔　小姐，有人刚才散播了一个消息，我还蒙在鼓里，但毫无疑问是个好消息。

玛丽安娜　什么消息？

瓦莱尔　说你要嫁给答尔丢夫。

玛丽安娜　我的父亲的确有这个意图。

瓦莱尔　你的父亲，小姐……

玛丽安娜　他另有打算，他刚才把这件事跟我说了。

瓦莱尔　什么？当真吗？

玛丽安娜　是的，当真。他公开宣布要把这门亲事办成。

瓦莱尔　小姐，你本人意下如何？

玛丽安娜　我不知道。

瓦莱尔　回答得很诚实。你不知道？

玛丽安娜　不。

瓦莱尔　不什么？

玛丽安娜　你能给我什么建议吗？

瓦莱尔　我呀，我建议你嫁给那个丈夫。

玛丽安娜　你建议我那么做？

瓦莱尔　是的。

玛丽安娜　当真？

瓦莱尔　当然。男方光鲜，照着你父亲说的去做是值得的。

玛丽安娜　好吧，先生，这是个好建议，我收下了。

瓦莱尔　我觉得，你照着这个建议去做，心里头不会太难过。

玛丽安娜　你提出这样的建议，可见你心里头并不比我更难过。

瓦莱尔　小姐，我嘛，我给你提这条建议，是为了讨你的欢喜。

玛丽安娜　我呀，我将遵循你的建议，是为了让你满意。

多丽娜　咱们走着瞧，看看照这样闹下去，有什么好果子吃。

瓦莱尔　你就是这样爱别人的吗？这是欺骗别人的感情，当你……

玛丽安娜　不要再提那个，求你了。你已经很坦率地跟我交了底，要我接受别人指派给我的丈夫。我呀，既然你给我提了这个有益的建议，那我也跟你交个底，我打算照着去做。

瓦莱尔　没有必要拿我的话来替你开脱。你的心里早就打定了主意。你揪住别人一句无聊的话，作为自己不履行诺言的托词。

玛丽安娜　是真的，说得太对了。

瓦莱尔　毫无疑问，你从来就没有真心实意爱过我。

玛丽安娜　唉！你心里要这样想，那只能随便你。

瓦莱尔　是的，是的，随便我。可我这颗受伤的心可能会抢在你之前移情别恋，我知道去哪里另寻新欢，跟她求婚。

玛丽安娜　啊！这个我一点也不怀疑。你一表人才，人见人爱……

瓦莱尔　我的上帝啊，就别跟我提什么人才啦。毫无疑问，我才疏学浅，你已经向我证实了这一点，但我希望另外一个女孩会对我心生好意，在我跟你分手之后会接纳我，会不顾羞耻，同意弥补我在你这边遭受的损失。

玛丽安娜　损失并不大，只要重新找个女伴，你很容易就有了温柔乡。

瓦莱尔　我将尽我所能，这个你完全可以相信。一个人被别人甩掉，他的名声也会跟着受损，他必须不遗余力地甩掉对方。就是不能真的做到，起码也要装装样。对抛弃我们的人藕断丝连，这种懦夫行为不可原谅。

玛丽安娜　这种观念肯定是尊贵和高尚的。

瓦莱尔　非常好，每个人都应该赞成这种观念。怎么啦！你难道希望我对你的爱地久天长，眼看着你投入别人的怀抱，却不把这颗你不要的心放到别的地方？

玛丽安娜　恰恰相反，对我而言，那正是我的期盼。我恨不得你马上就去办。

瓦莱尔　你恨不得？

玛丽安娜　是的。

瓦莱尔　你已经把我羞辱够了，小姐，我这就让你心满意足。（他迈出脚步要走，但走一步又总是走回来）

玛丽安娜　非常好。

瓦莱尔　你起码要记住，是你自己逼我采取这种过激手段的。

玛丽安娜　是的。

瓦莱尔　你还要记住，我心里头构思的这个计划，都是跟你学的。

玛丽安娜　跟我学？算是吧。

瓦莱尔　够了，我会及时满足你的愿望的。

玛丽安娜　太好了。

瓦莱尔　从今往后，你再也见不着我啦。

玛丽安娜　好极了。

瓦莱尔　嗯？（他走开了，走到门口时，又回过头）

玛丽安娜　什么？

瓦莱尔　你没叫我？

玛丽安娜　我吗？你在做梦。

瓦莱尔　那好吧，我走了，永别了，小姐。

玛丽安娜　永别了，先生。

多丽娜　我觉得你们像这样瞎胡闹，是脑子进水了。我刚才一直任由你们闹，就是要看看你们准备闹到哪一步才算了。喂！瓦莱尔先生。（她拽住他的胳膊，他假装使劲地挣脱）

瓦莱尔　嘿，多丽娜，你想干吗？

多丽娜　来这里。

瓦莱尔　不，不，气死我了。是她要我这么做的，你别让我改变主意。

多丽娜　站住！

瓦莱尔　不，你难道没听见吗？我们俩都铁了心要分手。

多丽娜　啊！

玛丽安娜　他看到我就不舒服，看到我就要走，我最好还是把地方让给他。

多丽娜　（松开瓦莱尔的手，去追玛丽安娜）现在又到您了。您往哪里跑？

玛丽安娜　松手。

多丽娜　必须回去。

玛丽安娜　不，不，多丽娜，你拉我回去也是白费功夫。

瓦莱尔　很显然，她看到我就是一种折磨，毫无疑问我最好还是不要让她受折磨。

多丽娜　（放开玛丽安娜，去追瓦莱尔）有完没完？我
　　　　要是让你们跑掉，那就是见了鬼了。都不
　　　　要再闹了，你们俩都过来。（她把两人拉到
　　　　一起）

瓦莱尔　你打的什么算盘？

玛丽安娜	你想做什么?
多丽娜	让你们言归于好,摆脱困境。(对瓦莱尔)您这样闹来闹去,是不是疯了?
瓦莱尔	你没听见她是怎么跟我说话的吗?
多丽娜	您发这么大的脾气,是不是疯了?
玛丽安娜	难道你没看见他是怎么对我的吗?
多丽娜	你们两个人都在犯傻。我可以作证,她一心一意只想嫁给您,没有二心。他只爱您一个人,只想娶您做太太,对您忠心耿耿,我可以拿我的性命做担保。
玛丽安娜	那你为什么给我提那样的建议?
瓦莱尔	那种问题,你为什么向我要建议呢?
多丽娜	你们俩都疯了。现在,两个人都把手伸出来。来,您的手。
瓦莱尔	(把手伸给多丽娜)伸我的手有什么用?
多丽娜	啊!把您的手也伸出来。
玛丽安娜	(把手也伸给她)这么做有什么用?
多丽娜	我的上帝啊,快,往前走。你们俩爱得有多深,连你们自己都想象不到。

瓦莱尔　可是这种事勉强不来。（对玛丽安娜）你眼睛看看人，把怨气都消了。（玛丽安娜转眼看瓦莱尔，微微一笑）

多丽娜　实话告诉你们，相爱的人都是疯子！

瓦莱尔　喂！我难道没有理由埋怨你吗？说良心话，你兴致勃勃地跟我讲一件如此令我伤心的事情，是不是很坏？

玛丽安娜　可是你呢，难道你不是个忘恩负义的人……

多丽娜　这些事你们就留到以后再去争论吧，现在一起来想想办法阻止那桩伤脑筋的亲事吧。

玛丽安娜　那赶紧告诉我们，该用什么招数。

多丽娜　所有的招数我们都得用，您父亲在开玩笑，在胡说八道。可是，至于您，对他的荒唐做法，表面上最好还是言听计从，为的是到紧要关头能够尽量拖延这桩由他安排的婚姻。争取到了时间，什么事情都能补救。有时候，您可以装病，突如其来的病，要把婚事往后延；有时候您可以借口出现了不好的兆头，比方说倒霉遇到了死人，打烂了镜子，或者梦见浑浊的水等等，而最好的办法则是，假如您不说一个"是"字，除了他之外，就不能把您嫁给任何人。可是，为了确保成功，我觉得，最好不要叫别人撞见你们俩在一起说话。

（对瓦莱尔）赶快走，快去托你的那些朋友，让他们伸出手，帮你得到向你承诺过的东西。我们这边也要去鼓动她哥哥，让他帮帮忙，让她继母也站到我们这一边。再见。

瓦莱尔 （对玛丽安娜）不管我们付出多么大的努力，说实在的，我把最大的希望都寄托在你身上。

玛丽安娜 （对瓦莱尔）我父亲的意志往哪里转移我不能向你担保，但我要嫁人只嫁瓦莱尔。

瓦莱尔 你的话让我欣喜到了极点！无论发生什么……

多丽娜 啊！相爱的人总是絮絮叨叨说个没完。跟你说过了，赶紧走吧。

瓦莱尔 （他走了一步，又回来）总之……

多丽娜 您可真是话痨啊！（推二人的肩膀）您走这边；您呀，您走那边。

第一场

|达米斯、多丽娜

达米斯 倘若我见了尊长和父威就甘拜下风，倘若我不
负气斗狠地干一回，那还不如马上让暴雷劈
死我，让天底下的人都当我是最大的蠢货。

多丽娜　　拜托，别发那么大的脾气，这门亲事您的父亲
　　　　　也只是随口说说，不是所有提出来的建议都
　　　　　要去实施，从计划到实施，中间还有很长一
　　　　　段距离。

达米斯　　这个自命不凡的恶棍，我一定要制止他的阴谋，
　　　　　我会当着他的面把他教训一顿。

多丽娜　　啊，冷静点。对付他，跟对付您的父亲一样，
　　　　　就让您的继母去操心吧，她对答尔丢夫的心
　　　　　思还能施加几分影响。无论她说什么，他都
　　　　　还乐意听，可能对她真的动了心。但愿这是
　　　　　真的，那事情就好办了。反正为了你们的事，
　　　　　她必得把他找来谈一谈。这桩困扰你们的亲
　　　　　事，她会探一下他的口风，了解一下他的感
　　　　　情，让他知道，如果很不幸他要推动这个计
　　　　　划的实现，那将会引起多么令人不快的纷争。
　　　　　我没看见他，他的仆人说他在祈祷，但仆人
　　　　　也跟我说了他很快就下楼。请您先出去，让
　　　　　我在这里等他。

达米斯　　我可以参加这场谈话。

多丽娜　　不行，必须是他们俩单独谈。

达米斯　　我什么话都不和他说。

多丽娜 您在开玩笑。都知道您平时脾气火爆，您这副脾气只会把事情弄糟。出去吧。

达米斯 不，我想看看，我不发火就是了。

多丽娜 您真叫人恼火！他来了，您快走。

第二场

| 答尔丢夫、洛仁、多丽娜

答尔丢夫 （瞅见多丽娜）洛仁，收好我的粗毛衬衣和苦鞭，祈祷上天永远照亮你，给你启迪。要是有人来看我，你就说我去找囚犯了，我要向他们分发别人施舍给我的钱。

多丽娜 招摇撞骗，装模作样！

答尔丢夫　你有何贵干？

多丽娜　告诉您……

答尔丢夫　（他从口袋里掏出一块手绢）啊！我的上帝，
　　　　　拜托你在讲话之前拿好这块手绢。

多丽娜　做什么？

答尔丢夫　把你的胸部遮一下吧，别让我看见，因为看了这种地方，灵魂会受伤，人的心里会产生罪恶的欲望。

多丽娜　这说明您是多么经不起诱惑，肉体对您的感官能产生这么大的影响？我当然不知道您心里往上蹿的是什么火，可是我，我可没那么容易看到什么东西就垂涎欲滴，就算您从头到脚赤身裸体，那一身皮囊也休想让我心荡神迷。

答尔丢夫　请你讲话正经一点，不然的话，我马上告退。

多丽娜　不，不，该告退的人是我，我只有两句话要跟您说，说完了我就不再打扰。夫人等一下要来这里，恳请您跟她聊一聊。

答尔丢夫　哎呀！非常乐意。

多丽娜　（对自己说）瞧他的语气变得多么温和！真的，我始终认为我先前说过的话没有错。

答尔丢夫　她马上就过来吗？

多丽娜　我好像听见她来了。是的，是她本人，你们聊，我告辞了。

第三场

| 爱尔米尔、答尔丢夫

答尔丢夫　我是上主的最卑微的信徒，受到他的大爱启示，
愿上主就像我所渴盼的那样，大慈大悲保佑您
身体和灵魂永远健康，保佑您生活幸福美满。

爱尔米尔　　我十分感谢您这番虔诚的祝愿。这里有椅子，
　　　　　　我们最好还是坐下来谈。

答尔丢夫　　您的身体已经康复了吧？

爱尔米尔　　已经好多了，高烧很快就退了。

答尔丢夫　　上天给的这种恩典，并不是我祈祷的功劳，但
　　　　　　我每次都向上天虔诚地恳求，祈求让您早日
　　　　　　康复。

爱尔米尔　　您对我的关心有些过了头。

答尔丢夫　　对您珍贵的健康，怎么关心都不过分。为了您
　　　　　　的康复，我自己的健康就是垮了也不足为惜。

爱尔米尔　您把基督教的爱德往前推进了一大步，您的所有这些亲切的关心，真的让我感激不尽。

答尔丢夫　您理应得到更多，我所做的还远远不够。

爱尔米尔　我想私下里跟您说一件事，在这里没有任何人偷听，我感到很高兴。

答尔丢夫　我也很高兴，夫人，能单独和您在一起，我心里甭提有多甜蜜。我一直祈求上天赐给我这个机缘，但直到现在才让我如愿以偿。

爱尔米尔　我这边，我只想听您说一句发自肺腑、推心置腹的话。

答尔丢夫　上天给了我这个特别的恩典，我也只想把我全部的心毫无保留地袒露在您的眼前，我想向您发誓，我公开谴责过那些觊觎您的姿色来府上拜访的客人，但对您本人并没有任何怨恨，而是受到了一股热情的驱使，纯粹出于一番好心……

爱尔米尔　我也是这么想的，我相信您是在关心我的灵魂得救。

答尔丢夫 （抓住她的手指头）是的，夫人，毫无疑问。我的感
情已经热烈到了……

爱尔米尔 喔唷，您抓得太紧了。

答尔丢夫 这是由于感情过于热烈。我绝没有弄疼您的意思，
我更愿意……（他把手放在她的膝头）

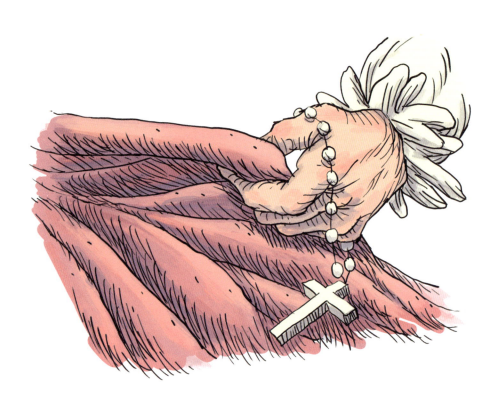

爱尔米尔　您把手放在这里做什么?

答尔丢夫　我摸摸您的衣服,这料子多柔软啊。

爱尔米尔　啊!行行好,把手拿开,我很怕痒的。(她把
　　　　　椅子往后挪了挪,答尔丢夫则把椅子往她那
　　　　　边靠了靠)

答尔丢夫 我的上帝啊，这花边织得可真精致！如今的手艺真令人惊叹，我还从未见过做工如此精细的东西。

爱尔米尔 确实如此。不过，我们还是言归正传吧，听别人说，我丈夫想毁约，想把女儿嫁给您。告诉我，这是真的吗？

答尔丢夫 这事他倒是跟我提起过，可是，夫人，说实在的，这并不是我想要的幸福，我已经在别处看到了我衷心期盼的至福，它独具魅力，妙不可言。

爱尔米尔 是因为您对尘世之物一无所恋。

答尔丢夫 装在我胸膛里的，并不是一颗铁打的心。

爱尔米尔 在我看来，我觉得您一心一意只向往天堂，尘世间的任何东西都激发不了您的渴望。

答尔丢夫 我们对永恒之美的热爱，并不影响我们对俗世的热爱，我们的感官，很容易受到上天创造的完美作品诱惑。上帝把自己的光芒，都闪射到你们女性的身上，但把最稀世的珍宝都给了您，让您光彩照人。他把那绚丽夺目、令人心荡神驰的美丽，都倾泻在您的面庞上，每次看到您绝世佳人的美貌，我就不能不赞美造物主的神妙。站在造物主最美丽的自画像前，我的心不由得升起一股热烈的爱恋。刚开始，我还以为这股隐秘的激情，是魔鬼设下的巧计，我甚至痛下决心要避开您的双眼，觉得您是我拯救自己灵魂的一个屏障。但最后，我认识到，啊，可爱的美人啊，我认识到这种感情不能算作罪孽，我可以让它变得名正言顺，于是我就任由自己的心沉浸其中。我承认，我冒昧向您奉上这颗心，确实是胆大妄为，但我的愿望能否实现，完全仰仗您的慈悲，而不是我那微薄的、徒劳的努力。我的希望、我的幸福和我的安宁，全都寄托在您的身上，我是遭受痛苦还是享受福乐，只有您有决定权。总之，您想让我幸福，我就幸福，您想让我遭遇不幸，我就遭遇不幸，决断权掌握在您一人的手中。

爱尔米尔 您这番爱情表白的确情深意浓，但说实在话，我还是感到十分震惊。我好像觉得您的意志应该已经锻造得百折不挠，对这样的一个计划应该做过理性思考。一个像您这样的虔诚信徒，走到哪里都有人叫您……

答尔丢夫 啊！我是虔诚的信徒，但信徒也是人。您的天姿国色，谁见了不心荡神迷呢，谁能把持得住呢？

我知道这种言论从我的嘴巴里说出来，显得很怪异，可是，夫人，说到底我并不是一个天使。您要是指责我向您表白爱意，那您也要责怪您自己艳色绝世。只要看到您光彩照人的仙姿玉色，您就成了我心灵深处的主宰。您那顾盼生辉的眼眸，流露出的无法言述的温柔，迫使我的心放弃顽强的抵抗，它制服了我的斋戒、祷告、眼泪和一切，让我把全部的心思都凝聚在您的魅力上。我的眼睛和叹息，已经向您诉说了上千次，这一次为了表述得更清楚，我把心里的想法说出了口。假如您能用一颗温柔的心，体察一下这个卑微的奴仆的苦难，假如您大慈大悲肯安慰我一下，对我这个微不足道的人降格相就，那么，啊，超群拔类的甜美尤物啊，我对您的爱会天长地久。和我在一起，您的名声不会遭受损失，您也无须担心我会翻脸无情。宫廷中那些让女士们痴迷的花花公子，他们做事咋咋呼呼，说话夸夸其谈，他们逢人便夸耀自己如何春风得意，到处声张自己得到的好处。您把真情向他吐露，可他那不会保守秘密的舌头，只会把爱情的圣坛玷污。但像我这样的人，即使心中有烈火在燎燃，它也不会往外蹿，我会严守秘密，永远都让人安心如意。我们爱惜自己的名声，可以保证自己所爱之人的名声不会受损。这样一来，接受了我们的心，就能从我们这里得到无须担惊受怕的欢愉，和不被人非议的爱情。

爱尔米尔 听了您的这番表白，我的心已经明白，您这些浮夸、华丽的辞藻所要表达的意思。您就不怕我有意把您这番热烈的情话讲给我丈夫听？您就不怕我当即把您的求爱告诉他，就不怕这么做会损害他对您的友谊？

答尔丢夫 我知道您是个厚道之人，会宽恕我的冒失鲁莽，知道您会原谅我身上的这种人性的弱点，原谅我猛烈的爱的激情伤害到了您；您看看自己的玉容，您得承认，别人又不是瞎子，人心都是肉长的。

爱尔米尔 别人碰到这种事，也许会采取其他的方式处理，但我觉得还是慎重为好。我不会把这件事告诉我丈夫，但作为交换，我也要您替我做件事，那就是诚心诚意地促成瓦莱尔和玛丽安娜的婚事，不要从中作梗，还有，您要主动放弃不正当的权力，不可以为了满足一己私欲，去破坏别人的福祉，还有……

第四场

|达米斯、爱尔米尔、答尔丢夫

达米斯 （从他藏身的小房间走出来）不行，母亲，不
　　　　行，这种事必须张扬出去。我刚才在小房间
　　　　里，什么话都听见了。是天意，仁慈的上帝

好像特意把我指引到了这个地方，让我打掉
这个加害我的小人的嚣张气焰，为我指出一
条复仇之路，惩罚他的虚伪和放肆，让我父
亲醒悟，在光天化日之下，看清这个跟您谈
情说爱的无赖的灵魂。

爱尔米尔　不，达米斯，只要他今后肯改过自新，努力报
答我对他的宽宏大量就行。既然我已经做出

允诺，就不要让我食言吧。把事情闹得满城风雨，这不是我的个性。一个女人碰到这样的蠢事，只会一笑了之，绝不会拿它去丈夫的耳边聒噪。

达米斯　您这样做，有您的理由；而我不按您说的做，也有我的理由。您对他如此姑息，很不理智。他用一副伪善的面孔做掩护，专横跋扈，把我们家搅得乌烟瘴气，早就让我窝了一肚子气。我父亲受这个骗子的摆布，干涉我谈恋爱，破坏我妹妹和瓦莱尔的恋情，已经很长时间了。我父亲也该醒醒了，也该看清楚这个阴险小人的真面目，为此，上帝为我出了一个良策，感谢他给了我这个机会；一个如此有利的机会，我可不能放过。如果到手的机会我都不会利用，那还不如让上帝收回去。

爱尔米尔　达米斯……

达米斯　不，拜托不要再拦我，我心里认定是对的事情，就必须去做。我现在已经心花怒放，您说得再多也没用，想让我放弃复仇的快乐万万不能。不必再多说什么了，我要把这件事做个了断。这下子我总算可以如愿以偿。

第五场

| 奥尔贡、达米斯、答尔丢夫、爱尔米尔

达米斯　父亲，您来得正好，我们这里发生了一件新鲜事，跟您有关，您听了一定会非常惊奇。您的一番好心，这回可真的得到了好报。这位先生给您送了一份厚礼，来回报您的深厚情谊。他对您的莫大热情刚才表露无遗，他一心一意就想让您名声扫地。我刚才听见他正侮辱母亲，向她表白他那罪不可恕的爱情。母亲心地善良，谨小慎微，想全力保守秘密，但我不能放纵如此恬不知耻的行径，觉得不跟您实话实说，是对您的大不敬。

爱尔米尔　没错，我觉得，永远都不该拿所有那些无谓的空话，来搅乱丈夫内心的宁静，一个人的名誉好坏并不取决于那些事情，我们只需懂得自己保护好自己就行。这是我心里的想法，达米斯，如果你尊重我内心的想法，你就不会说出这番话。

第六场

| 奥尔贡、达米斯、答尔丢夫

奥尔贡 啊，天哪！我刚才听到的话是真的吗？

答尔丢夫 是的，我的兄弟，我是个恶人，是个罪人，一个罪孽深重、恶贯满盈的败类，一个亘古未有的恶棍。我一生的每时每刻都充满了龌龊，我的一生只不过是一堆的垃圾和罪过。我看得很明白，上天为了惩罚我，要利用这个机会来对我施加折磨。犯下这么重的罪孽，无论别人怎么指责，我都不能傲慢地为自己辩解。请您相信您的儿子跟您说的话吧，请您暴跳如雷吧，就像驱赶一个罪犯一样，把我从您家里赶走吧。怎么羞辱我都可以，因为我罪该万死。

奥尔贡 （对他的儿子）啊！孽障，你竟敢编造谎言来污损他纯洁的美德？

达米斯　什么？这个灵魂虚伪的家伙装出温和柔顺的样子就能让你否认……

奥尔贡　闭嘴，你这个该死的瘟魔。

答尔丢夫　啊！让他说，您错怪他了，您最好还是相信他说的话。既然是既成事实，您对我何必还如此偏袒？得啦，您哪里知道我会干出什么事情？我的兄弟，我的外表就那么容易让您轻信？仅凭肉眼，您就相信我是个大好人？不能，不能，您这是受了表象的蒙蔽。唉，我根本就不是您以为的那种人。所有的人都当我是个品行端正的人，可事实上，我不值分文。（转向达米斯）是的，我亲爱的孩子，说吧，就当我是败类，是无耻之徒，是疯子、窃贼、杀人凶手。还可以用更狠的词来骂我，对此我绝不反驳，我这是咎由自取。我愿意跪下来忍受这种耻辱，我一生作孽多端，这么做可以让我得到救赎。

奥尔贡　（对答尔丢夫）我的兄弟，您言重了。（对儿子）孽种，你是铁石心肠吗？

达米斯　什么！他的一番鬼话竟然骗得你……

奥尔贡　闭嘴，你这个骗子。（对答尔丢夫）我的兄弟，唉，行行好，起来吧！（对儿子）下流胚！

达米斯　他可以……

奥尔贡　闭嘴。

达米斯　气死我了！什么，把我当成……

奥尔贡　你再不闭嘴，我就打断你的胳膊。

答尔丢夫　我的兄弟，看在上帝的份上，别生气。我宁可遭受
　　　　　最残酷的刑罚，也不愿意看到他损伤一根毫毛。

奥尔贡　（对儿子）忘恩负义之徒。

答尔丢夫　随他吧。如果要我跪下恳求，你才肯放过他……

奥尔贡　（对答尔丢夫）唉！开什么玩笑？（对儿子）混蛋，
　　　　你看他多么宽宏大量。

达米斯　那么……

奥尔贡　闭嘴。

达米斯　什么，我……

奥尔贡　我叫你闭嘴。你出于什么动机攻击他，我再清楚不
　　　　过。你们个个都恨他，今天我看到了，夫人、女
　　　　儿、儿子和仆人，个个都反对他，全都厚颜无耻
　　　　挖空心思，要把这位虔诚的信徒从我家里赶走，
　　　　可是你们越是费尽心机赶他走，我越要竭尽全力
　　　　把他挽留。我还要尽快把女儿嫁给他，把一家人
　　　　的嚣张气焰压一压。

达米斯　你想把我妹妹强行嫁给他？

奥尔贡　是的，孽种，今晚就办婚事，把你们都气死。啊！我就要跟你们所有的人对着干，让你们知道我是一家之主，在这里，所有的事情都由我说了算。小无赖，就这样，你把先前说过的话收回去，马上跪在他脚下求他宽恕。

达米斯　谁？我吗？求这个流氓宽恕？他凭着招摇撞骗……

奥尔贡　啊！穷鬼，你还敢顶嘴，还敢辱骂他？拿棍子来！拿棍子来！（对答尔丢夫）不要拦着我。（对他儿子）马上从这个家里滚出去，永远也不要再回来。

达米斯　好的，我会滚的，可是……

奥尔贡　快滚，你这个混蛋，我要剥夺你的继承权，还要诅咒你。

第七场

| 奥尔贡、答尔丢夫

奥尔贡 竟敢像这样冲撞一位圣人!

答尔丢夫 啊,上帝!饶恕他给我造成的痛苦吧。(对奥尔贡)看到有人在我兄弟面前处心积虑诋毁我,你要是知道我心里有多么难过……

奥尔贡　唉！

答尔丢夫　一想到有人会如此背义忘恩，我就感到心如刀割般的悲痛……我很憎恨这种行为……我的心都要碎了，话都说不出来了，感觉自己会因为这件事而丧命。

奥尔贡　（他泪流满面地冲到门口，他就是从那里把儿子赶走的）混蛋，我真后悔刚才手下留情，没把你当场打死。（对答尔丢夫）我的兄弟，你别激动，不要生气。

答尔丢夫	我们还是停止，停止这场令人不快的争吵吧。我看得出来，我给府上带来了多大的纷扰，我觉得，我的兄弟，我真的有必要离开这里了。
奥尔贡	怎么？怎么开这种玩笑？
答尔丢夫	大家都对我充满仇恨，我看得出来，他们一个个都试图让你怀疑我对你的真诚。
奥尔贡	有什么关系呢？你看得出我把他们的话放在心上了？
答尔丢夫	他们肯定不会善罢甘休，同样的话，今天你没有听信，可能下一次你就会信以为真。
奥尔贡	不会的，我的兄弟，永远不会。
答尔丢夫	啊！我的兄弟，一个女人是很容易误导丈夫的。
奥尔贡	不会，不会的。
答尔丢夫	赶紧让我走吧，我走了，他们就找不到任何借口对我进行攻击了。
奥尔贡	不行，你必须留在这儿，你走了叫我怎么活？
答尔丢夫	好吧，那我要在这里受尽煎熬了。不过，你要是……
奥尔贡	啊！
答尔丢夫	算了，我们就不要再了。但我知道怎么去做。名誉很容易受到损毁，我们俩友谊深厚，我必须防备流言蜚语，防止别人疑神疑鬼。所

以，我要避开你的妻子，你不会看见我……

奥尔贡　不用，不要管他们，你要经常和她在一起，气死他们是我最大的快乐，我希望他们看见你，每时每刻都和她待在一起。这还不算，我还要跟他们干到底，我要把你确定为我的继承人，除了你谁也别做这种黄粱美梦。正式的手续我马上就去办理，我要把我的全部财产都赠送给你。一个被我选作女婿的善良坦诚的朋友，要比我自己的儿子、妻子和父母都更加珍贵。我提的这个建议，难道你不接受？

答尔丢夫　愿上天的旨意行在一切之上。

奥尔贡　可怜的人！我们赶紧去订立字据吧，让那些眼红的人把肺都气炸。

第四幕

现形

第一场

| 克莱昂特、答尔丢夫

克莱昂特 是的，所有人都在谈论这件事，您尽可以相信我所说的话。事情闹得到处议论纷纷，对您而言这并不光荣。先生，我正好在这儿遇到您，就想把我的想法三言两语跟您挑明。别人讲的话我就不去深究，且撇开不谈，只想从最坏的角度来进行考量。我们就假定达米斯没处理好那件事，告您的状是冤枉了您，那宽恕别人的侮辱，熄灭心

中的复仇之火，不正是一个基督徒该做的事情吗？一个孩子因为跟您发生争执，就被他的父亲赶出了家门，您于心何忍？我还要告诉您，坦率地跟您说，这户人家老老少少，没有一个不因为这件事义愤填膺。您要是信得过我，就应该把所发生的一切都平息下去，千万不要再火上浇油。看在上帝的份上，您就消消气，让人家父子冰释前嫌吧。

答尔丢夫　唉！我这边也非常乐意那么做。先生，我对他已经没有任何仇恨在心，我完全原谅他了，也不再说任何责备他的话，愿意竭尽所能帮助他，但天意难违，上帝不答应，假如他回来，那我就得离开。他把事情做得那么绝，我们俩要是再来往，那估计会招来街谈巷议：天晓得人们会对这件事作何感想，人们肯定会把过错归咎到我的头上，说我耍滑头，到处说我因为自知有罪，因此对诬告我的人装作宽宏大量，说我心里畏惧他，只好迁就他，让他私底下不要出去张扬。

克莱昂特　先生，您找出来的托词似是而非，说出来的理由也牵强附会。明明是您自己的意思，为什么要把它说成是天意？上帝要惩戒罪人，难道需要我们替他行道？上帝要惩罚，就让他去惩罚吧；他指示我们要宽恕冒犯我们的人，您把这句话记住就行。既然您口口声声说什么遵从上天之命，那您就不要理睬世人如何去评论。什么？！因为担心遭人误解，就放弃做一件好事的机会？不要那样，不要那样，我们行事，自始至终都要遵循上天之命，就不要让任何别的挂虑，来扰乱我们的心。

答尔丢夫 我已经跟您说过，我的心已经宽恕他了，先生，这就是遵循上天之命行事，但经历了今天的耻辱和冒犯之后，上天指示我不要跟他继续生活在一起。

克莱昂特 先生，他父亲纯粹是一时冲动，要您听从他的建议，接受他馈赠给您但您根本无权收受的财产，这难道也是上天给您的指示？

答尔丢夫 了解我的人都不会有这样的想法，说这是一心想着谋求私利的结果。这世界上所有的财富对我而言诱惑力都不大，我的眼睛不会被它们迷惑人的光芒照花。我决定接受这位父亲的捐赠，说实话，我只是担心所有这些财富会落到坏人的手中，担心他找到的那个分享财富的人在社会上用它们来犯罪，而不是像我打算做的那样，用来为众人造福，为上天增光。

克莱昂特　喂，先生，您就不要瞎操心了，您会招来合法继承人的起诉的。还是让财产的所有者来承担风险吧，您就不用操那份闲心了。与其让人控告您侵占了人家的财产，还不如随他自己去浪掷，您想想是不是这个理？奥尔贡提议把财产赠给您时，您欣然接受毫无愧色，真让我大开眼界。因为，说白了，哪有一条准则，会教一个真正虔诚者去掠夺一个合法继承人的财富呢？既然您和达米斯之间，有了一个无法逾越的、不能让你们在同一个屋檐下生活的障碍，那么，与其顽固地看着人家为了您把儿子赶出家门，倒不如做个聪明的人，识趣地从这里离开。相信我，先生，这么做能为大家树立一个品行正直的典范……

答尔丢夫　先生，现在的时间是三点半，我要
　　　　　上楼去做敬拜，恕我失陪了。

克莱昂特　啊！

第二场

爱尔米尔、玛丽安娜、多丽娜、克莱昂特

多丽娜　行行好，先生，跟我们一起，同心合力，帮她
　　　一把，她心里难过得要命，她父亲要她今晚
　　　就成婚，这让她时时刻刻都处在绝望之中。
　　　他就要来了，拜托您，我们一起齐心协力，
　　　不管是用强力还是用手腕，我们都要把这个
　　　搅得大家不得安宁的可耻计划给搅黄。

第三场

| 奥尔贡、爱尔米尔、玛丽安娜、克莱昂特、多丽娜

奥尔贡 哈！我真高兴，你们全都聚到一起了。（对玛丽安娜）我带来的这份婚约上面写的东西，能让你笑得合不拢嘴，你肯定知道我这话说的是什么意思。

玛丽安娜 （双膝跪下）父亲，天知道我有多痛苦，看在上帝的份上，看在所有能打动您的心的东西的份上，请放弃一些生父的权利，恕我在这门亲事上不能从命，不要用您的父威来逼我，逼我向上帝抱怨您不让我尽孝。唉，我这条命是您给的，父亲，您不要让它变成苦命。我抱了美好的希望，如果您不成全我，不准我嫁给我大胆爱的人，那么，我要跪在您面前，求您大发慈悲，不要让我遭受痛苦，嫁给我讨厌的人，不要把您的权威都用在我的身上，把我逼到走投无路。

奥尔贡　（发现自己有些心软）喂，我的心，你要坚强一些，不要有妇人之仁。

玛丽安娜　您再怎么喜欢他，我都不会难过。您可以娇惯他，把您的财产给他，如果还嫌不够，把我的那份也加上，把我的财产交给您处置，我也心甘情愿。但至少别把我这个人也搭进去，就让我进修道院苦修，在那里打发上天给我算计好了的凄清日子吧。

奥尔贡 啊！又来啦，父亲反对她们谈恋爱，她们就要去当修女。起来！你越觉得心里无法忍受，就越应该嫁给这个人，然后在这门婚姻中磨炼意志，修炼德行，你不要再跟我说了，我已经听得头脑发涨了。

多丽娜 可是……

奥尔贡 闭嘴，你。这里还轮不上你插嘴，从现在起，我不许你再搬弄是非。

克莱昂特　你要是允许我提个建议的话……

奥尔贡　舅爷啊，你的建议是世界上最好的建议，都经过了兼权熟计，我非常重视。但我不会采纳它，请你别在意。

爱尔米尔　（对她的丈夫）看到眼前发生的这一切，我真的无话可说，我很好奇，你怎么会糊涂到这般田地。你一定是被他灌了迷魂汤，就连今天发生的事，你都不信，觉得我们是在搞阴谋诡计。

奥尔贡　万分抱歉，我相信表面现象。我知道你纵容我那个无赖儿子，他想作弄那个可怜的人，你担心戳穿了他的诡计。你当时表现得太平静，叫人无法相信；你要是显出另外一副激动的样子，倒是会让人信以为真。

爱尔米尔　人家只是简单地表达了一下爱慕之情，我们就非得为了维护自己的名声，去跟他大发雷霆？涉及名誉问题，除了怒目圆睁、出言不逊，就没有别的方法去应对？至于我，听到这样的话，我只会一笑置之，一点也不喜欢闹得沸沸扬扬、路人皆知。我喜欢我们女人们温文尔雅、善解人意，那种性情粗暴的假正经女人让我觉得很讨厌，她们的名誉武装了爪子和牙齿，一言不合就要撕破别人的脸。上帝保佑我不要有那样的德性！我想要的美德，在那些爱吵爱闹的泼妇身上无迹可寻，我相信以冷若冰霜的态度拒绝对方，让一颗心打退堂鼓，不见得就不够有力量。

奥尔贡　反正我知道是怎么回事，不会上当受骗。

爱尔米尔　你这种怪癖，再次让我刮目相看。如果你亲眼目睹我们跟你说的是真的，那你是相信还是不相信呢？

奥尔贡　亲眼目睹？

爱尔米尔　是的。

奥尔贡　你在信口开河。

爱尔米尔　才不是！假如我有办法让你在光天化日之下看到呢？

奥尔贡　吹牛。

爱尔米尔　什么人啊！至少给我一个回答。我并不是要你相信我们的话，我只是做个假设，我们选一个地方，你躲到一边，什么话都能听得明明白白，什么情景都能看得清清楚楚，到时候看你怎么评价你那位德高望重的朋友。

奥尔贡　碰到那种情况，我会评价说……我什么也不说，因为那是不可能发生的事。

爱尔米尔　你被人欺骗的时间太久，反而把我当成了满嘴谎言的骗子手。不要再耽搁了，就算是为了取乐，我也必须让你亲眼见证我们对你说过的那一切。

奥尔贡　好吧，我听你的。咱们倒是要看看你用什么手腕，怎么兑现自己承诺的事情。

爱尔米尔 把他给我叫过来。

多丽娜 他老奸巨猾，可能很难让他中计。

爱尔米尔 不难，一个人，是很容易被他爱上的人骗到的，自高自大的德性也会让他自己骗自己。把他给我叫下来。（对克莱昂特和玛丽安娜）你们都出去吧。

第四场

爱尔米尔、奥尔贡

爱尔米尔 我们把这张桌子搬过来，你躲到桌子底下。

奥尔贡 说什么？

爱尔米尔 把你藏好很关键。

奥尔贡　为什么藏在桌子底下？

爱尔米尔　啊！我的上帝！你就照着做好了。我脑子里已经想好了计划，你就等着瞧吧。照我说的，你躲到下面去，躲进去之后，小心不要让人发现，不要弄出响动让人听见。

奥尔贡 我承认，我现在太纵容你了。我倒要看看等一下你怎么向我交代。

爱尔米尔 照我看，你到时候就无言以对了。（对藏在桌子底下的丈夫）我要触及的是一件奇怪的事，你无论如何都不要发脾气，不管我说什么，你都必须让我说出口，这是为了让你服气，就像我答应过的那样。我要用花言巧语，这也是迫不得已，用花言巧语让这个伪君子摘下假面，迎合他的爱情和无耻的欲念，让他放肆地为所欲为法无无天。我这么做只是为了你；为了更好地戳穿他，我才假装顺从他的心意，一旦你明白是怎么回事，我就停下，你想要我进行到哪一步，我就进行到哪一步。当你认为事情已经进展得差不多时，就该你出来遏止他那疯狂的热情，保全你的妻子，当你醒悟了，我就不再继续冒险了。这事关你的利益，你自己做主吧，而且……有人来了，你藏好了，小心别把身子露出来。

第五场

| 答尔丢夫、爱尔米尔、奥尔贡

答尔丢夫 有人告诉我，您想在这里跟我说话。

爱尔米尔 是的，我有几句私密话要和您说，但在说给您听之前请先把门关好，再到处看看，以防有人偷听。先前发生的那种事，在这里不能再重演。发生那样的意外，我从未见过，达米斯让我为您胆战心惊到不行，您也瞧见了，我费了老大的劲，就为了平息他的怒火，挫败他的企图。我当时确实乱了方寸，根本没想到要对他的话矢口否认，不过上帝开恩，让那一切都变成了好事，变得更加万无一失。大家对您的敬重把这场暴风雨给驱散了，我丈夫也不会再怀疑您了。为了抵御风言风语，他想让我们时时刻刻待在一起，所以我才会不怕别人造谣污蔑，在这里关起门来和您独处一室。这样我就有机会向您表明心迹，我的心有些急切地想接受您的情意。

答尔丢夫　夫人，您的这番话有点让人摸不着头脑，您先前说话可不是这种口气。

爱尔米尔　啊！假如先前拒绝了您，您就愤愤不平，那说明您是多么不懂女人的心！那分明是明推暗就，您却不明白其中的玄机！在这种时候，我们都碍于面子，要抗拒在我们身上激起的甜蜜情意。征服我们的爱情，不管出于什么理由，要承认它，总还是有点不好意思。我们起先会抗拒，但从我们抗拒的样子上可以比较明显地看出，我们的心已经投降，但碍于面子，所以总是言不由衷，而这样的回绝等于什么都已答应。我这样跟您招供无疑比较直白，没怎么顾忌我们的廉耻。不过，既然话已经随口说出，请问，我有没有尽力去劝阻达米斯？我有没有温柔和气地把您的表白从头到尾听完？要是我不喜欢听您的表白，那我还会像您看见的那样对待这件事吗？婚事刚刚宣布，我就亲自出面想要您拒绝，无所顾忌地向您提这个要求，如果不是对您有意思，不是因为感到苦闷，那又是什么？这门亲事一旦结成，我想全部占有的那颗心起码要分一部分给别人，那我该有多么苦闷？

答尔丢夫　夫人，听到从心爱的人口中说出的这些话，毫无疑问，我心里感到万分的喜悦，这些话像蜜汁一样，丝丝缕缕地流淌，让我的所有感官尝到一股从未尝过的甘甜。我追求的最大幸福，就是能够博得您的欢心，您的爱让我的心感到无比甜蜜，不过对于这份宏福，也请您俯允这颗心斗胆做出一些质疑。我可以把您的这番话当作缓兵之计，为的是迫使我解除已经准备就绪的婚事。坦率地跟您说，您的甜言蜜语我信不过，除非能给我一点我盼望的实惠，来给您的话作担保，让我永远相信您对我情深意浓，让这种信念在我的心中恒久扎根。

爱尔米尔 （咳嗽提醒丈夫）什么？您这样急于求成，一上来就要汲干一颗心中的柔情？人家费了好大的劲向您表白了最甜蜜的真情，但您还嫌不够，难道不让您尝到最后的甜头，您就不会满足？

答尔丢夫 我们越是不配得到一种好处，就越不敢奢望；我们的爱情光靠一堆空话很难有保障。鸿运当头很容易让人起疑心，我们在享受了之后才会信以为真。至于我，我认为自己配不上您的好感，我不相信我冒冒失失就能得到幸福。夫人，如果您不拿出一点实实在在的东西，来让我的爱情服气，我是什么也不会相信的。

爱尔米尔 我的上帝啊，您的爱情就像一位真正的暴君，搅得我心头乱纷纷！它要疯狂地控制我的心！强行要求得到它想要的东西！怎么！我就不能提防您的追求，您连一点喘息的时间都不给我留？发现人家喜欢上了您，您就滥用这一点，如此苛求，想要什么就要什么，不留余地，步步紧逼，这么做合适吗？

答尔丢夫 可是，既然您以和善的目光看待我对您的敬意，那又为什么要拒绝给我实实在在的表示？

爱尔米尔 可是怎么能答应您想要的那样东西，又不冒犯您总是挂在嘴上的上帝呢？

答尔丢夫 假如只是上帝阻碍我实现愿望，那么去掉这样的一个障碍对我来说并不算什么事，这不该成为您心中的绊脚石。

爱尔米尔 叮是他们用上帝的判决把我们吓得够呛。

答尔丢夫　夫人，我可以为您打消这些可笑的顾忌，我懂得破解顾虑的妙计。上帝的确禁止某些愉逸，（他开始像个恶棍一样说话）但是我们还是可以和他一起，找出一些妥协的法子。有一门学问，它可以根据不同的需要来把约束我们良心的锁链放长，用我们意图的纯洁来修正行为的失范。夫人，这其中的秘诀，我后面会把它传授给您，您只需按照我的指示去做就行。满足我的欲望吧，不要害怕，我向您保证，所有的罪过都由我来承担。夫人，您咳得厉害。

爱尔米尔　是的，难受得要命。

答尔丢夫　您要不要含一块甘草糖？

爱尔米尔　我得的可能是顽固性的感冒，我看世界上任何止咳药都拿它没招。

答尔丢夫　这的确很麻烦。

爱尔米尔　是的，说不出有多麻烦。

答尔丢夫　总之，您的顾虑很容易打消，您尽可以放心，这里的事绝对保密，坏事声张出去之后才叫坏事。引起公愤是对上天的冒犯，偷偷摸摸地犯罪算不上犯罪。

爱尔米尔 （又咳了一阵之后）说来说去，我看非得下定决心依了您，答应您的全部要求才行。如若不然，我就甭指望人家欢喜，也别指望人家真正满意。毫无疑问，走到这一步很讨厌，我要跨越这一步也不是心甘情愿。可是，既然有人执意要我这么做，既然我怎么说人家也不肯相信，想要拿到更有说服力的证明，那我非得痛下决心，满足人家的愿望。如果我同意这么做有冒犯上帝的地方，就让逼着我这么做的人倒霉吧，过错肯定不能算到我头上。

答尔丢夫 是的，夫人，全都算到我头上，而且事情本身……

爱尔米尔 把门打开一点点，请您看一看我丈夫是不是在走廊里面。

答尔丢夫 您有什么必要操心他？私下里跟您说，他是一个被我牵着鼻子走的人。我们说的所有这些话，还会让他沾沾自喜呢，他已经被我糊弄到了这个份上：就算他全都看到了，他也不会相信。

爱尔米尔 那我不管，还是请您出去一会儿，到外面到处看看，看仔细一点。

第六场

｜奥尔贡、爱尔米尔

奥尔贡 （从桌子底下钻出来）这会儿我全明白了，我向你承认，这是一个可恶的歹人！我深感震撼，就像挨了当头一棒。

爱尔米尔 怎么？你这么快就出来了？你把人家当傻瓜呀！回到桌毯下面去，还没到时候，你要等到最后，等到真相大白再出现，简单的臆测，万万信不得。

奥尔贡 不用等了，从地狱里跑出来的恶鬼也没有他这么恶。

爱尔米尔 我的上帝啊！你不应该太轻信，等事情水落石出之后你再认输也不晚，你别心急，急起来把事情搞错不好办。（她把丈夫藏到身后）

第七场

| 答尔丢夫、爱尔米尔、奥尔贡

答尔丢夫　夫人，所有的一切都在促成我的好事：我亲眼把这所房子看了个遍，一个人影也没见，我真的好开心……

奥尔贡　（打断他的话）稍等，你也太放纵自己的情欲了，你不该如此情不自禁。啊，啊，你这个正人君子，竟然把我骗得这么惨！你的心真是欲壑难填！你娶我的女儿，又眼馋我的女人！别人说的话，我一直都不相信真有其事，我一直以为他们会改变对你的态度：现在我的担忧得到了验证，我深信不疑，不再需要别的证据来证实。

爱尔米尔　（对答尔丢夫）我所做的这一切并非出于本意，我这样对您也是迫不得已。

答尔丢夫　什么？您以为……

奥尔贡　够啦，请你别再诡辩了，从这里出去，干脆点。

答尔丢夫　我的本意……

奥尔贡　我不想再听任何废话了，你马上离开这所房子。

答尔丢夫　你说话的腔调俨然是这里的主人，但该离开
这所房子的恰恰是你本人。这所房子属于
我，我会让你知道的，我还会向你证明，你
用这些下流的花招来挑事是枉费心机。骂我
的人真是不自量力，我有办法来挫败骗局，
惩罚行骗的人，替被你们伤害的上帝复仇，
让那些在这里叫我走的人追悔莫及。

第八场

| 爱尔米尔、奥尔贡

爱尔米尔　他这说的是什么话？他说的这话是什么意思？

奥尔贡　真的，我真惭愧，这事不好笑。

爱尔米尔　怎么？

奥尔贡　听他一说，我知道自己铸成了大错。财产已经被我赠送给他了，很伤脑筋。

爱尔米尔　赠送……

奥尔贡　是的，覆水难收了，但还有更让我担心的事。

爱尔米尔　什么事？

奥尔贡　你很快就会什么都知道了，我们还是尽快去看看那个匣子还在不在楼上。

129

第一场

｜奥尔贡、克莱昂特

克莱昂特　你这是往哪里跑？

奥尔贡　唉！我哪知道？

克莱昂特　我觉得，我们要一起合计合计，看看出了这
档子事，能有什么办法处理。

奥尔贡　那个匣子让我坐立不安，比其他东西更让我愁
眉不展。

克莱昂特　那个匣子里是不是有什么机密啊？

奥尔贡　那是我非常怀念的朋友阿尔加让我保管的东西，
他逃走的时候，觉得我可以托付，就在极度
保密的情况下，亲自把它交到了我手里。据
他所说，里面装的是一些跟他的性命和财产
有关的文件。

克莱昂特　　那为什么又转到了别人手里?

奥尔贡　　我怕受到良心的责备。我把这件事的来龙去脉都讲给那个贼人听了,他跟我讲了一堆大道理,说服我最好还是把匣子交给他保管,这样万一有人追查起来,就有现成的托词,可以理直气壮,矢口抵赖。

克莱昂特　单单从表面上看，你这下子惹出了大麻烦。财产赠送，泄露匣子的秘密，恕我直言，你做的这些事太冒失。这种有争议的东西落到他手中，后果会非常严重。与你相比，那个人已经占了很明显的优势，你再逼他走极端就极不慎重，对他采取更温和的迂回战术更合适。

奥尔贡 什么！如此虔诚感人，却只是披着一层漂亮的外衣，下面包藏着一颗如此奸诈的心，一个如此恶毒的灵魂，怎么会这样啊！当初我收留他的时候，他还是个臭要饭的，身无分文……完蛋了，完蛋了，我再也不相信什么正人君子了。我今后只会憎恨他们，对他们要变得比魔鬼还要狠。

克莱昂特　好啦，你的火爆脾气又来了！你做什么事都不能保持一个合适的尺度。你做事好像从来都不理智，总是从一个极端跳到另一个极端。你发现了自己的错误，你认识到自己被伪装的虔诚欺骗，可是为了纠正这个错误，为什么非得去犯另一个更大的错误，把一个阴险小人和所有正人君子混为一谈呢？什么？就因为一个正颜厉色的无赖披着一身华丽伪装厚颜无耻地骗了你，你就认为到处都是他那样的人？难道今天一个真正的虔诚信徒都没有了吗？这种愚蠢的结论就让那些自由思想者去下吧，你必须把道德和道德的伪装区分开，不要莽莽撞撞把对一个人的尊重过早地表露出来，要学会折中。可能的话，不要去崇拜奸诈，但对于真正的虔诚也不要去贬斥。假如你一定要走极端，那还是走先前那个极端，一条路走到底吧。

第二场

| 达米斯、奥尔贡、克莱昂特

达米斯 怎么？父亲，那个无赖真的在威胁你吗？他厚颜无耻，可恶至极，竟如此忘恩负义，用你对他的好来当武器对付你？

奥尔贡 是的，孩子，我感到痛心疾首啊！

达米斯 让我来对付他，我要剁掉他的两只耳朵。对付这种肆无忌惮的家伙，不应该东藏西躲。我一下子就能帮你解决掉，只有把他除掉才能永绝后患。

克莱昂特 一个真正的毛头小子才会说这样的话。你还是冷静下来吧，不要那么冲动。我们生活在国王的治下，在这样的时代，使用暴力会把事情搞砸。

第三场

佩奈尔夫人、玛丽安娜、爱尔米尔、多丽娜、达米斯、奥尔贡、克莱昂特

佩奈尔夫人 出啥事了？我听说这里发生了惊人的神秘事件？

奥尔贡 是的，是很新奇的事，我亲眼目睹了，你看看我的一番好心得到了什么好报。我满腔热情地收留了一个穷光蛋，我给他地方住，把他当成亲兄弟一样看待，他每天都会从我这里得到好处，我把女儿嫁给他，把我的全部财产赠送给他，可是这个背信弃义的小人却图谋不轨，勾引我的妻子。他并没有就此罢手，竟敢拿我给他的恩惠来威胁我，我因为一时糊涂把财产给了他，他却想用我给他的好处把我给毁了；我把家业转赠给他，他现在却要把我赶出家门，要让我落到我搭救他时他的那步田地。

多丽娜 可怜的人！

佩奈尔夫人　我的孩子，我绝不相信他会下这样的黑手。

奥尔贡　怎么？

佩奈尔夫人　正人君子总遭人忌恨。

奥尔贡　母亲，你说这话是什么意思？

佩奈尔夫人　我说这话的意思是，你们家的人过的日子好奇怪，他遭人恨，没有人看不出来。

奥尔贡　他遭人恨，这跟我和你说的那些话有什么关系？

佩奈尔夫人　你小的时候，我跟你说过一百遍。在这个世界

上，美德总是遭人攻击，嫉妒别人的人总有死去的那一日，但嫉妒永远不会死。

奥尔贡　　　可你说的话跟今天发生的事沾边吗？

佩奈尔夫人　他们在你面前给他捏造了许多莫须有的罪状。

奥尔贡　　　我已经跟你说过，我全都看见了，是亲眼所见。

佩奈尔夫人　那些诽谤别人的人，心眼坏到了极点。

奥尔贡　　　母亲，我都快被你急死了。我跟你说，他狗胆包天干的坏事，我亲眼看见了。

佩奈尔夫人 人的舌头上总有毒液往外射，这世上没有任何东西能躲过这一劫。

奥尔贡 你说的这句话没什么意义呀！我看见了，我说的是，看见了，亲眼看见的。所谓的亲眼目睹。难道非得对着你的耳朵大喊大叫一百遍，你才听得见？

佩奈尔夫人 我的上帝啊，表象常常蒙蔽人眼。不能总是根据肉眼看见的东西来下判断。

奥尔贡 把我气死了！

佩奈尔夫人 人的天性总是被没有根据的怀疑牵着鼻子走。好事常常被理解成了坏事。

奥尔贡 他想搂抱我的女人，我也要把这个理解成他的善举吗？

佩奈尔夫人 要指控别人，必须有确凿的证据，你应该等到把事情进一步证实了再说。

奥尔贡 喂，见鬼！叫我用什么办法进一步证实啊？母亲，你是要我等到他在我的眼皮子底下……你这是要我说蠢话。

佩奈尔夫人 反正，我看他的灵魂特别纯粹虔诚，说什么我也不信他会起心想干你说的那种事情。

奥尔贡 算了，假如你不是我的母亲，我不知道自己会跟你说出什么样的话，因为我太生气了。

多丽娜　老爷，这世间的事情还真的有报应。当时您也是怎么都不相信，现在别人也不相信您。

克莱昂特　别在这里磨嘴皮子浪费时间，应该争分夺秒，想出办法来应对。面对奸诈小人的威胁，麻痹大意万万使不得。

达米斯　什么？他竟然恬不知耻到这种地步？

爱尔米尔　我嘛，我觉得他不可能打官司，那样的话，他的忘恩负义就太明显了。

克莱昂特　他不会打官司这样的话千万不要相信，他得理不饶人，会想方设法对你穷追猛打，更不用说他还会耍阴谋诡计，那会把你的生活搞得乌七八糟。我再说一遍，他手里拿到了你的把柄，你无论如何都不该把他逼到这一步。

奥尔贡　你说的没错，可我又有什么办法呢？那个阴险小人如此猖狂，我忍不住火冒三丈。

克莱昂特　我由衷地希望有人出来劝和，让你们俩的关系表面上有所缓和。

爱尔米尔　要是我早知道他手里握有这样的把柄，我就不会弄出这些事来把他惊动，而且我的……

奥尔贡　那人想干什么？快去问问清楚。我这个样子，叫我怎么见客！

第四场

磊落先生、佩奈尔夫人、奥尔贡、达米斯、玛丽安娜、多丽娜、爱尔米尔、克莱昂特

磊落先生 你好，亲爱的大姐。恳请你禀报一声，我有事要见你家老爷。

多丽娜 他正在会客，恐怕现在不能见您。

磊落先生 我上这儿来并不想惹人讨厌。我相信我的到来也不会让他不开心。我来这里办一件事，他知道后一定会很欣喜。

多丽娜 您尊姓大名？

磊落先生 只用跟他说，我受答尔丢夫先生委托，为他的利益而来。

多丽娜 来的那个人挺和气的，说是受答尔丢夫先生委托，来这里办一件事，您听了会很欣喜。

克莱昂特 你必须搞清楚他是什么人，问明来意。

奥尔贡	他可能是来这里劝我们和解的。我要采取什么态度来对他呢？
克莱昂特	你不能发火，要是他说到和解，就该听他说下去。
磊落先生	向您致敬，先生。愿上天惩罚想损害您的人，如我所愿保佑您。
奥尔贡	一上来说的这几句话挺客气的，与我的判断相吻合，已经显示出一点讲和的兆头了。
磊落先生	我对府上的人一直感到很亲切，我曾经服侍过令尊大人。
奥尔贡	先生，十分惭愧，我不认识您，也不知道您尊姓大名，请您原谅。
磊落先生	我叫磊落，出生于诺曼底，我是有权杖的执达官[1]，尽管有人眼馋。感谢上天，我已经愉快当差四十年，并且声名远扬。先生，我这次来府上，承蒙俯允，给您送达一份判决书。
奥尔贡	什么？您来这里……
磊落先生	先生，别激动，这只是一份催告书，命令您和

---

1. 执达官：为法庭服务，负责执行及传达法官裁决的官吏。

您的家人离开这里，把家具搬出去，腾出房子，不得延期，不得耽误，所以必须……

奥尔贡　我？从这里搬走？

磊落先生　是的，先生，请您从这里搬走。这所房子现在，其实您也很清楚，房子无可争议地属于善良的答尔丢夫先生。根据我带来的一份契约，

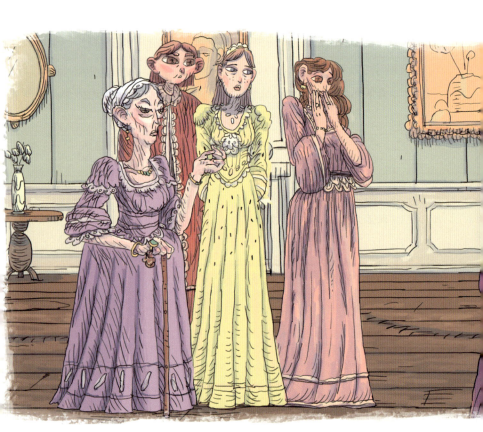

今后他是您的财产的主人和支配者。契约格式规范合法，无可挑剔。

达米斯 恬不知耻到了这种地步，让人目瞪口呆。

磊落先生 先生，我不需要跟您打交道；我的关系人是这位先生，他通情达理，为人和气，他非常清楚一位正人君子的本分，决不会违抗法令。

奥尔贡 可是……

磊落先生 是的，先生，我知道就是给您一百万，您也不会违抗，您会像个谦谦君子一样，允许我在这里执行别人给我下达的命令。

达米斯 执达官先生，您穿着黑色紧身衣在这里出现，可能会惹来一顿棍棒。

磊落先生 先生，请让您的儿子闭嘴或者出去，否则我逼不得已在我的笔录上记下您的名字，那会是一件很遗憾的事。

多丽娜 这位磊落先生看上去好像不怎么光明磊落啊！

磊落先生 对于正人君子，我都是客客气气。先生，我接受委派来这里送达法律文书，是为了帮您一个忙，为了让您高兴。也是为了避免派别人过来，别人就不会像我这样对您热心快肠，也不会像我这样客客气气地跟您说话了。

奥尔贡 把别人赶出家门，还有比这更恶劣的命令吗？

磊落先生 先生，我可以宽裕您一点时间，将命令的执行延期到明天。不过，我会带十个手下来这里过夜，既不会吵，也不会闹。按照规定，请

您务必在睡觉之前，让人把房门的钥匙交到我手上。我会小心翼翼，不会让人打搅您的休息，也不会发生任何不妥之事。但明天早

晨，您必须手脚麻利，把这里的一切都搬走，连最小的器具都不能留。我手下的人会搭一把手，我挑的都是壮汉，他们会帮你们把所有的东西都清走。我觉得，没有人能干得像我这样出色。既然我对您如此宽宏大量，先生，我也恳请您跟我好好合作，切不可对我执行的公务有任何妨碍。

奥尔贡　要是我身上还有一百个金路易，把它们拿出来奉送我也心甘情愿，只要能随意朝这张狗脸狠狠地打上一拳。

克莱昂特　算了，别把事情搞砸。

达米斯　真是有恃无恐，我的手心发痒，忍无可忍了。

多丽娜　说真的，磊落先生，您虎背熊腰的，挨上几闷棍也没什么大碍。

磊落先生　我的朋友，就冲着你的这些卑鄙无耻的话，就可以好好惩罚你，法院对女人也一样发传票。

克莱昂特　够了，先生，我们不要再说了。请您赶紧放下公文走吧。

磊落先生　我们还会再见的。上天保佑你们心情愉快。

奥尔贡　愿上天让你和派你来的人的阴谋不会得逞！

第五场

奥尔贡、克莱昂特、玛丽安娜、爱尔米尔、佩奈尔夫人、多
丽娜、达米斯

奥尔贡　喂，母亲，你看见了吧，我有没有理由抱怨？
其他的事你就通过执达官留下的通知来做判
断吧。他的背信弃义，你终于看清楚了吧？

佩奈尔夫人　我都惊呆了，就像从云霄里掉下来一样。

多丽娜　您这样抱怨是不对的，责备那个可怜的人也是
不对的。他虔诚的意图通过这件事得到了印
证，他的道德体现在他懂得怜爱众生。他知
道财富常常腐蚀人，纯粹出于慈悲，才想着
要把妨碍您得救的一切障碍清除干净。

奥尔贡　闭嘴，对你，我必须把这两个字一直挂在嘴上。

克莱昂特　我们还是合计合计，看看该给你拿个什么主意。

爱尔米尔 去把这个忘恩负义之徒的丑恶行径公之于世，这办法能让那份契约失去效力，他的背信弃义会显得更加丑恶，他妄想办成的事情也不会得逞。

第六场

| 瓦莱尔、奥尔贡、克莱昂特、爱尔米尔、玛丽安娜等

瓦莱尔 先生，非常抱歉，我来这里给您添加烦恼，但情势危急，我不能不来。我有一个挚友，知道我一直很关心您，小心翼翼地帮我偷听到一个涉及国家事务的秘密，并且给我捎来了一封信，说因为后果严重，叫您务必赶紧远走高飞。那个骗了您很久的恶贼一个小时前在国王面前告了您的状，说了很多话对您进行栽赃，还把一个钦犯的重要匣子呈交国王，

说您无视臣子的职守，将秘密的罪证窝藏。我不清楚给您定的是何种罪状，但逮捕您的命令已经在路上，为了更好地执行到位，那个骗子本人也受了委派，陪那个逮捕您的差役一同前来。

克莱昂特　他这下子有了滥用权力的武器，这个奸贼一直觊觎您的家产，这下子有了办法将它们霸占。

奥尔贡　这坏蛋，我向你承认，就是个衣冠禽兽！

瓦莱尔　一点点耽搁都有可能要了您的命。我的马车就停在门口，我马上送您走，我还给您拿了一千金路易。不能再耽误时间了，飞箭像闪电一样迅速，要挡过的话只有逃走。我自愿把您送到安全的地方，愿意陪着您一起流亡。

奥尔贡 唉！您的大恩大德让我感激不尽，也不知什么时候我才能报答您；我求上天保佑我平平安安，让我有朝一日回报这份恩情。再见了，你们都要多加小心……

克莱昂特 你们快走，姐夫。我们好好想一想，家里的事该如何应付。

最后一场

| 骑兵士官、答尔丢夫、瓦莱尔、奥尔贡、爱尔米尔、玛丽安娜等

答尔丢夫 慢点，先生，慢点，别跑得那么快，你不必走很远，就能找到住的地方，我们以国王的名义，来把你捉拿归案。

奥尔贡　贼人，原来你还留了一手到最后。恶棍，你用这一手，给了我最后一击。你背信弃义的行为也取得了圆满成功。

答尔丢夫　你再怎么骂，我也不会动气，我学会了忍受一切，这是为了上天的利益。

克莱昂特　我承认，真的是深藏不露啊。

达米斯　无耻之徒，戏弄上天竟到了如此厚颜无耻的程度！

答尔丢夫　你们再怎么恼羞成怒，都不会把我惹恼，我除了履行自己的义务，什么也不去想。

玛丽安娜　你谋到的这份差使真够体面的，这份差使也正好适合你。

答尔丢夫　国王派我到这里来，他派的差使当然很体面。

奥尔贡　忘恩负义的东西，当年你穷困潦倒，是我这只仁爱的手拉了你一把，你不记得吗？

答尔丢夫　记得，我知道自己从你那里得到过什么救济，但现在我首要的职责是维护国王的利益！这个神圣职责的正义力量扑灭了我心中的一切感激之情，为了国王的利益，我牺牲朋友、妻子、父母甚至我本人也在所不惜。

爱尔米尔　大骗子！

多丽娜　他真会伪装，会用我们尊敬的一切做成一件美丽的外衣披在身上！

克莱昂特　如果你吹嘘的这种效忠，果真像你宣称的那样是一片赤胆忠心，那你为什么要等到他当场捉住你勾引他妻子之后，才想到要竭尽忠诚，并且在他为了保全名誉把你赶出家门之后，你才会想到要去告发他？我并不是说他把全部家产都送给你，你

就不能去告发他，可是既然你今天把他视为罪犯，

那为什么还同意接受他赠送的财产？

答尔丢夫　（对骑兵士官）先生，别让他们再朝我乱喊乱叫，敬

请您执行命令吧。

骑兵士官　是的，的确耽搁得太久了，你亲口叫我执行命令，

那我就执行吧，我马上送你去监狱，那里有你的

住处。

答尔丢夫　送谁，我吗，先生？

骑兵士官　是的，是你。

答尔丢夫 为什么送我去监狱？

骑兵士官 我用不着跟你解释理由。（向奥尔贡）先生，让您受惊了，请您缓缓神。我们生活在一位对招摇撞骗深恶痛绝的国王治下，骗子耍什么花招也骗不了他，因为他目光如炬，能洞察秋毫。他那伟大的灵魂洞幽察微，无论看什么都是一看一个准，什么事情也不能把他蒙蔽，他那坚强的理智也不走任何极端。他赐予正人君子不朽的荣誉，但对品德的热情并不会遮蔽他的慧眼，对真正的正人君子的热爱并不能阻止他心中对假仁假义者的讨厌。这个人是蒙骗不了国王的，国王都能识破比这更狡猾的诡计。这个坏蛋心里暗藏的全部鬼魅伎俩，一上来就被博学睿智的王上看穿。他去告发先生，却暴露了自己的真面目。天理昭昭，王上看出他是一个臭名昭著、有犯罪前科的骗子，只是改名换姓罢了。他做过的坏事不计其数，都可以写成好几本书。总之，王上痛恨他对您的这种背信弃义、恩将仇报之举，将他的新罪和旧罪并罚，故而派他领我来这里，就是想看看他有多么厚颜无耻，并且要他向您当面认罪道歉。您的所有证件，他自称归他所有，王上叫我从这个坏蛋手里夺回来，物归原主。王上还以至高无上的权力，废止您将全部财产赠予他的契约，并且赦免您受逃亡友人的牵连、不知不觉中犯下的罪戾。这是王上对您当年拥护王权、一腔热血的嘉奖，也是为了让世人知道，做了好事，就算当事人不记得了，他还会给予奖赏，所有的功劳他都会记录在心上，而功劳与过失，他记得更多的是功劳。

多丽娜　谢天谢地！

佩奈尔夫人　现在我总算松了一口气。

爱尔米尔　圆满的结局！

玛丽安娜　先前谁敢这么说啊？

奥尔贡　（对答尔丢夫）喂，背信弃义的家伙，你也有今天……

克莱昂特　啊！姐夫，别说了！跟这种卑鄙小人计较有失你的身份，就让这个恶人去遭受他的恶报吧，他此刻追悔莫及，你无须继续追击。最好还是希望他洗心革面，改邪归正，争取让王上从宽发落、手下留情。你也要跪在王上跟前，感谢他的恩典。

奥尔贡 是的，说得太对了，我们去跪在他的脚下，欢欢喜喜，歌颂他的大恩大德吧。完成这项第一重要的任务之后，我们就要着手操办另一件要紧的事，要用甜美的婚姻，来犒赏瓦莱尔这位勇敢真诚的恋人的爱情。

莫里哀年表

1622—1673

莫里哀画像

1622 年 出生

　　1 月 15 日出生于巴黎，在圣犹士坦堂受洗。本名为让－巴蒂斯特·波克兰，其父亲让·波克兰是地毯商和具有王室侍从身份的宫廷室内陈设商。

1632 年　10 岁

母亲玛丽·科莱塞去世。外祖父经常带他去看演出，使他从小酷爱戏剧。

1635 年　13 岁

进入克莱蒙中学（今天的路易大帝中学）读书，跟孔蒂亲王是同学，孔蒂亲王后来成了他的保护者。

17 世纪的巴黎

1639 年　17 岁

中学毕业。

伽桑狄给西哈诺、夏佩尔和莫里哀上哲学课

1640 年 18 岁

在奥尔良学习法律，在此期间受哲学家伽桑狄的自由思想的影响，结识了夏佩尔、西哈诺·德·贝杰拉克等"自由思想派"知识分子。

1641 年 19 岁

考取法律系文凭。

玛德莱娜·贝雅尔

17 世纪的法国剧院

1643 年 21 岁

放弃世袭权利，尽管父亲反对，还是决定做喜剧演员。与情妇玛德莱娜·贝雅尔、贝雅尔的家人和其他几位演员一起成立"盛名剧团"。

1644 年 22 岁

取艺名为"莫里哀"。担任"盛名剧团"团长，在外省和巴黎演出。

莫里哀入狱

1645 年 23 岁

"盛名剧团"倒闭，8 月，莫里哀因为欠债被关进夏特莱监狱，在父亲的斡旋下两天后获释。跟夏尔·杜富莱斯纳剧团一起离开巴黎，在之后的十三年时间里走遍了法国西部和南部。

1650 年 28 岁

担任夏尔·杜富莱斯纳剧团团长。

1653 年　31 岁

孔蒂亲王以自己的名号为莫里哀的剧团命名，将莫里哀置于保护之下，一直到 1657 年。

1655 年　33 岁

莫里哀成为喜剧演员。他创作的诗体喜剧《冒失鬼》在里昂上演。

1656 年　34 岁

创作的《情怨》在贝济耶上演。

1657 年　35 岁

受诺曼底总督保护，与高乃依在鲁昂相识，在里昂和格勒诺布尔演出。

17 世纪的卢浮宫

1658 年　36 岁

以喜剧演员和剧作家的双重身份回到巴黎。受到国王路易十四的弟弟的保护。在卢浮宫为年轻的路易十四演出《多情的医生》，深受国王喜爱，获准进入卢浮宫旁边的小波旁宫的剧场演出。

1659 年　37 岁

11 月 18 日，莫里哀的《可笑的女才子》演出获得巨大成功。

1660 年 38 岁

5月，诗体喜剧《斯加纳雷尔》上演，莫里哀塑造并由他本人亲自扮演的人物斯加纳雷尔在随后的多部喜剧中重复出现。

莫里哀饰演的斯加纳雷尔

ARMANDE BÉJART
1643-1700.

Jouaust Ed. Imp. A. Salmon.

阿曼德·贝雅尔

1661 年　39 岁

莫里哀的剧团从小波旁宫迁往王宫。6 月 24 日上演的诗体喜剧《丈夫学堂》获得成功。11 月为国王演出首部芭蕾喜剧《讨厌鬼》。

《丈夫学堂》插图

1662 年　40 岁

与玛德莱娜·贝雅尔的女儿、比他小 20 岁的阿曼德·贝雅尔结婚，被指控乱伦。

12 月 26 日诗体喜剧《太太学堂》上演，连演 63 场，获得巨大成功，被国王赐予"优秀喜剧家"的称号和年金，但该剧被指责为"淫秽""诋毁宗教"，莫里哀遭到人身攻击。

179

1663 年　41 岁

为回击诽谤者，莫里哀创作了《〈太太学堂〉的批评》和《凡尔赛宫即兴》两出论战性短剧。

莫里哀在朋友家中朗读《伪君子》

1664 年　42 岁

1 月，芭蕾喜剧《强迫的婚姻》上演。

5 月 8 日，《艾丽德公主》上演。

5 月 12 日，《伪君子》前三幕在凡尔赛上演，遭到宗教人士反对，巴黎总主教要求在巴黎禁演。

DOM JUAN.
ou le festin de Pierre.

《唐璜》版画

1665 年　43 岁

1 月 15 日，五幕散文剧《唐璜》取得成功，但遭到批评，莫里哀在演完十五场之后不再续演。路易十四将莫里哀的剧团命名为"国王剧团"。

9 月 15 日，《爱情是医生》上演。

1666 年　44 岁

莫里哀因为生病中断演出两个月。

6月4日，五幕诗剧《愤世者》上演。

8月6日，《屈打行医》上演。

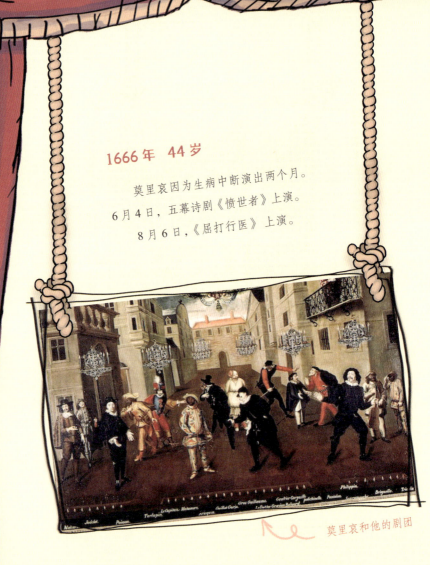

莫里哀和他的剧团

1667 年　45 岁

1月5日，《牧歌喜剧》上演。

2月14日，《西西里人》上演。

1668 年　46 岁

1 月 13 日,《安菲特律翁》上演。

7 月 18 日,《乔治·唐丹》上演。

9 月 9 日,《吝啬鬼》上演。

1669 年　47 岁

2 月 5 日, 第三版《伪君子》终于获准上演。

2 月 25 日, 莫里哀的父亲去世。

10 月 6 日,《德·浦尔叟雅克先生》在香堡上演。

《愤世者》版画

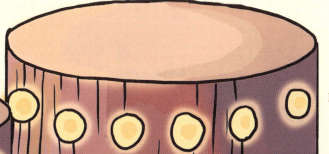

1670 年　48 岁

1 月 30 日，芭蕾喜剧《奢华的恋人》在圣日耳曼上演。

10 月 14 日，芭蕾喜剧《贵人迷》在香堡上演。

1671 年　49 岁

1 月 17 日，芭蕾悲剧《普赛克》在杜伊勒利宫和王宫演出。

5 月 24 日，《司卡班的诡计》上演，莫里哀本人亲自扮演司卡班。

12 月 2 日，《艾斯卡尔巴纳伯爵夫人》在圣日耳曼上演。

1672 年　50 岁

3 月 11 日，《女学究》上演。

《吝啬鬼》一幕

185

1673 年　51 岁

2 月 10 日,《无病呻吟》在王宫上演，莫里哀亲自扮演阿尔冈。

2 月 17 日，莫里哀在演完《无病呻吟》最后一幕后咯血倒下，当晚因结核病逝世。

由于教会阻挠，参加他的葬礼的人很少。依照当时法国的法律，演员不可以葬在墓园内，但是在莫里哀的遗孀阿曼德的请求下，国王同意让莫里哀在晚上 9 点以正常的方式举行葬礼，遗体被安葬在圣约瑟夫墓地。

莫里哀逝世

莫里哀之墓

1792 年

莫里哀改葬至法国纪念物博物馆。

1817 年

5 月 2 日，莫里哀的遗骨被移至巴黎的拉雪兹神父公墓安葬。

译者 | 金龙格

法语文学翻译家,1987 年毕业于复旦大学外文系法国语言文学专业。

现为法国阿尔勒国际文学翻译协会会员,中国法国文学研究会理事,桂林旅游学院教授。

翻译出版《少年心事》《一部法国小说》《不哭》等三十余部、总计四百多万字的法国文学作品,并多次获奖。

先后六次荣获法国文化部颁发的"奖译金"并赴法访学交流。

分别于 2011 年和 2019 年凭借《青春咖啡馆》与《一座城堡到另一座城堡》荣膺傅雷翻译奖。

2016 年首次将塞利纳的《死缓》翻译成中文出版,该书入选 2016 深圳读书月"百强图书"和豆瓣 2016 年度读书榜单·年度外国文学 Top10。

全新译作《包法利夫人》和《伪君子》,成功入选"作家榜经典名著"。

主要译作

短篇小说 | 1992　《少年心事》
　　　　　　1995　《都德短篇小说选》
　　　　　　1998　《法朗士短篇小说选》
　　　　　　2002　《莫泊桑幽默作品集》
　　　　　　2004　《我希望有人在什么地方等我》
　　　　　　2005　《灰姑娘》
　　　　　　2008　《飙车》
　　　　　　2013　《脚的故事》
　　　　　　2014　《莫泊桑幽默小说选》
　　　　　　2015　《莫泊桑幽默精品选》《时光》
　　　　　　　　　《我知道有人在什么地方等我》

长篇小说 | 1993　《凄凉别墅》（石小璞合译）
　　　　　　1998　《边境》《红圈》
　　　　　　2004　《曾经深爱过》
　　　　　　2006　《在我母亲家的三天》
　　　　　　2007　《猎物》《英格丽·卡文》
　　　　　　2010　《青春咖啡馆》
　　　　　　2011　《一部法国小说》《穿短裤的情人》《枕边的男人》
　　　　　　2014　《岁月的泡沫》
　　　　　　2015　《夜的草》
　　　　　　2016　《死缓》
　　　　　　2017　《逃逸》（与张默合译）《不哭》
　　　　　　2018　《一座城堡到另一座城堡》
　　　　　　2019　《一月后，一年后》
　　　　　　2020　《包法利夫人》（作家榜经典名著）

戏剧 | 2017　《伊甸园影院》
　　　　2022　《伪君子》（作家榜经典名著）

作家榜®经典名著

★★★★★★★★

读经典名著，认准作家榜

作家榜是中国国民文化品牌，自 2006 年创立至今始终致力于"推广全球经典，促进全民阅读"，连续 13 年发布作家富豪榜系列榜单，成功将不同领域的写作者推向公众视野，引发海内外媒体对华语文学的空前关注。

旗下知名图书品牌"作家榜经典名著"，精选经典中的经典，由优秀诗人、作家、学者参与翻译，世界各地艺术家、插画师参与插图创作，策划发行了数百部有口皆碑、畅销全网的中外名著，帮助无数人爱上阅读。如今，"集齐作家榜经典名著"已成为越来越多阅读爱好者的共同心愿。

作家榜除了让经典名著图书在新一代读者中流行起来，2023 年还推出了备受青睐的"作家榜文创"系列产品，一举让经典名著 IP 融入到人们的日常生活中。作家榜品牌母公司大星文化，总部位于中国上海市。

名著就读作家榜
京东官方旗舰店

名著就读作家榜
天猫官方旗舰店

名著就读作家榜
当当官方旗舰店

名著就读作家榜
拼多多旗舰店

策　划 ┃ 作家榜®
出　品 ┃

出 品 人 ┃ 吴怀尧
产品经理 ┃ 赵行健　徐　畅
美术编辑 ┃ 金雨婷
内文插图 ┃ [土耳其] Mehmet Akif Kaynar　马晓碟
封面设计 ┃ 王贝贝
特约印制 ┃ 朱　毓

版权所有 ┃ 大星文化
官方电话 ┃ 021-60839180

名著就读作家榜
抖音扫码关注我

作家榜官方微博
经典好书免费送

下载好芳法课堂
跟着王芳学知识

图书在版编目（CIP）数据

伪君子 /（法）莫里哀著；金龙格译. –– 上海：
上海书店出版社, 2022.12（2024.11重印）
（作家榜经典名著）
ISBN 978-7-5458-2237-3

Ⅰ. ①伪… Ⅱ. ①莫… ②金… Ⅲ. ①喜剧—剧本—
作品集—法国—近代 Ⅳ. ①I565.34

中国版本图书馆CIP数据核字（2022）第203163号

选题策划　大星文化

责任编辑　杨英姿　张　冉　胡美娟

伪君子

[法]莫里哀 著

金龙格 译

出　　版　上海书店出版社
　　　　　（201101　上海市闵行区号景路159弄C座）
发　　行　上海人民出版社发行中心
印　　刷　上海盛通时代印刷有限公司
开　　本　889×1194　1/32
印　　张　6.25
字　　数　86,000
版　　次　2022年12月第1版
印　　次　2024年11月第2次印刷
印　　数　10501–13000
ISBN 978-7-5458-2237-3/I.558
定　　价　45.00元